メイクマイセンパイ
小説版
メイクアガール
MAKE A GIRL
眞田天佑
イラスト：ぽりごん。 原作：安田現象・Xenotoon 監修：安田現象

「明君、これはどういうこと!」
幸村茜
さちむら・あかね

「あーあ、バレちゃったね」
ロボ明
＋
水溜明
みずたまり・あきら
茜、明が二人いることに驚愕！

ある日の明と茜
「おかしい、こんなはずじゃないのに」
「材料には何を使ったの？」

「何って、レシピ通りだよ。米、卵、水、塩、うま味調味料」
「まさかとは思うけど、塩とお砂糖を間違えたりしてないよね？」
「いや、そんなことは絶対、たぶん、……きっと、……」

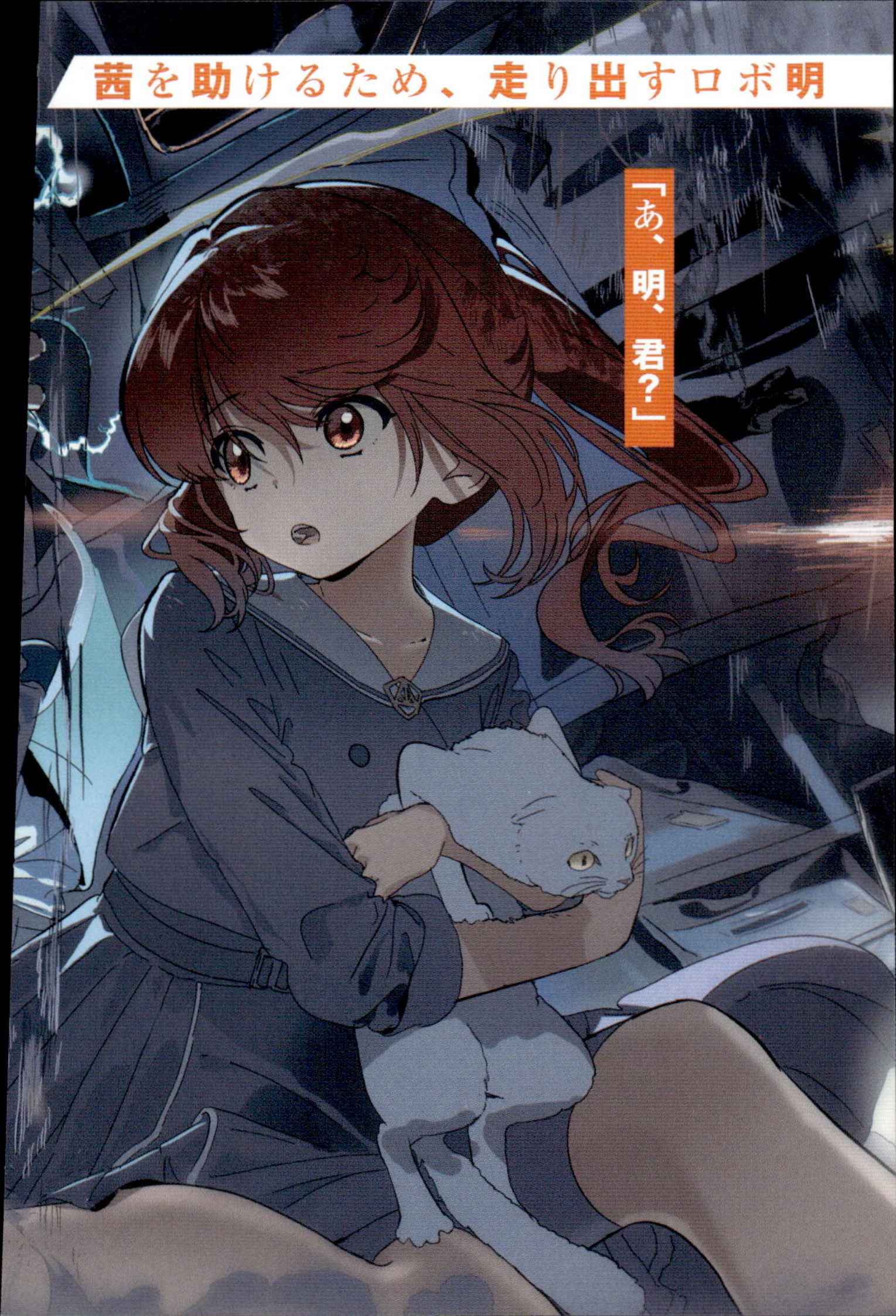

茜を助けるため、走り出すロボ明
「あ、明、君?」

僕は、茜さんと倒れてくる下駄箱の間に滑り込むように入ると、
両腕を大きく突き出して受け止めた。
ずんっ、と重々しい感触が両腕に走る。両足と腰に力を入れ、全身で支えた。
うん、これくらいなら、今の僕の身体なら問題なさそうだ。

contents

小説版メイクアガール
メイクマイセルフ

眞田天佑
原作：安田現象・Xenotoon

MF文庫J

口絵・本文イラスト●ぽりごん。

序章

視界を埋め尽くしていた無数のメッセージウィンドウが、シャボン玉が弾《はじ》けるみたいに一斉に閉じた。

その瞬間、僕の意識が起動する。

ゆっくりとまぶたを開くと、視覚センサーが外界からの光情報を受容して、世界の色の鮮やかさを認識する。

こうして僕は、初めて外界を感じ取った。

ただ、生まれたての赤ん坊が感じるような、驚きや新鮮さはない。

だって、ここは見慣れたラボだ。新しさなんてあるわけない。

部屋の隅には失敗作の発明品が積み上がり、山を築いている。マンションの三フロアを縦にぶち抜いて作られたラボは全体的に薄暗いけど、明るい場所が苦手な僕にとっては心地よい空間だ。

そして、視界の中央には、複数のモニターが並ぶデスクを背にして、『僕』、つまり水溜《みずたまり》明《あきら》が座っていた。

僕らの姿はまるで一卵性双生児のようにそっくりだ。

だけど違う部分もある。

まず目の前の水溜明はオレンジ色の作業着を着ているけど、僕は高校の制服に身を包んでいる。

それに水溜明《みずたまりあきら》はここ三日間ずっと研究漬けだったせいで、寝癖で頭が乱れていて、目元には濃いクマが刻まれている。

研究明けの水溜明を客観的に観察すると、こんなにもみすぼらしく見えるんだなと、新たな発見を得られた。

「君がやることは分かっているね」

何の前置きもなく、水溜明があくびをしながら言う。

僕は電子頭脳にインプットされた、水溜明の記憶データを再生する。

ザザザッ。ノイズ交じりの映像が、視界に広がった。

※

「明君、今日も学校さぼったでしょ。これで今週全滅じゃん。今日は、数学の小テストがあるって前から言ってあったのに」

赤髪をポニーテールにした少女が、怒るというよりも呆《あき》れたような顔で僕を見下ろしている。差し出された手には小テストのプリントが握られていた。

僕は一瞥《いちべつ》だけする。

「テストなんて受ける意味ないよ。こんな問題で僕の知性が測れるなんて、数学の教師は本気で思ってるのかな？　時間の無駄だよ。そんなことより僕は研究に集中したいんだ」

実際、一目見ただけで全部の答えが分かった。プリントに答えを書き込むことすら億劫《おっくう》なくらい簡単な問題だ。こんな問題で真剣に悩める人は、ある意味幸せだ。

「そりゃ、明君なら簡単に解いちゃうんだろうけど、この小テストの結果は成績に反映されるらしいよ。答えが分かるとしても、テストを受けなくちゃ0点になっちゃうわけ。それが続いたら成績は1だし、万が一留年になったらどうするの？」

ポニーテールの少女は、それがさも重大なことであるかのように話している。だが、僕は別に気にならない。

「そうなったなら、それでも別にいいよ。僕の頭脳なら学校に行く必要ないし……ああ、そうか、そうしよう。もう学校には行かないことにする。停学でも退学でも好きにしてくれればいい。その方が研究に時間を使えるんだから」

名案を思い付いて、意気揚々と会話を打ち切った僕はモニターに視線を戻す。そこに流れる無数の情報に意識を集中させる。

さて、今度こそ、母さんの残した研究を……。

「それは絶対ダメ！」

強い声と共に僕の腕がぐいっと引っ張られ、眉間に皺《しわ》を寄せた少女の顔が間近に迫る。

「私のいるクラスで退学者なんて出させないから！」

「……茜《あかね》さん、近いって」

僕が指摘すると、ポニーテールの少女はようやく自分の鼻先が僕のそれと触れるくらい近づいていることに気づき、顔を真っ赤にして離れた。

「と、とにかく！　学校には絶対に来て！」

こうなった時の彼女は頑固で、僕がどんなに理屈を並べても納得してくれない。

「研究が忙しすぎて、学校に行く時間なんてないよ。僕の身体《からだ》は一つしかないんだ、どっちもやるなんてできないよ」

「はいはい、そうですね。明君《あきら》が二人いればよかったのにね。でも部活もバイトもしてないんだから、学校が終わってからも十分研究の時間は取れるでしょ。とにかく、来週からは絶対に来ること！」

そう強く告げた後、ため息交じりに呟《つぶや》く。

「……まったく、また倒れてるんじゃないかって毎度心配してる私の気も知らないで」

いつもは僕の思考の網をすり抜けていく言葉の群れだけど、この時、とある一言が引っかかったことに気づく。

「茜《あかね》さん、今、なんて言った？」

「な、何でもないって、別に心配してるわけじゃないから！」

なんでそんなに顔を赤らめているんだろう。

「そっちじゃなくて、もう少し前のセリフ」

「ま、前？　えっと、『部活もバイトもしてないんだから』……」

「もう一つ前」

「『明君が二人いればよかったのにね』？」

……気付かなかった。こんなに明快な回答があったなんて。

身体が一つしかなくて二つの問題を同時に解決できないなら、身体を二つに増やせばいい。

そうだ、僕の記憶をコピーしたロボットさえあれば、僕は研究に没頭しながら、同時に学校にも行くことができる。

なんで今まで思いつかなかったんだ。

この場に僕一人だったら、間違いなくユリイカと叫んでいただろう。

※

記憶データの再生を終える。

うん、ちゃんと経緯は思い出せる。

両手を顔の前に持ってきて、グーパーを繰り返す。ちょっと動きはぎこちないが許容範囲内だ。

ついさっき完成したロボットの中に入り込んで、身体を操縦しているのは不思議な気分だった。

ロボットの設計図を作った時のことも、各種パーツが3Dプリンターの中で出来上がっていく過程を眺めていた時のことも、完成したロボットの出来栄えに満足した時のこともちゃんと覚えている。

そんな風に今まで客観的な観察対象だったロボットが、今や僕の肉体になっている。

僕は機械の身体《からだ》を手に入れた。

多少の違和感はあるけれど、どうせすぐに慣れるだろう。事故で右腕を失って義手に取り換えた時も、最初は奇妙な感覚があった。でもすぐに、本物の右腕よりも便利なことが分かって満足したんだから、今回もきっと同じだ。

僕は、肉体の水溜明《みずたまりあきら》に向かって首肯する。

「僕の役割は、君の代わりに学校に行くことだ」

喉に埋め込まれた声帯模写装置から、水溜明の声紋パターンを正確に再現した音が発せられる。

「その通りだよ。よかった、記憶のコピーはちゃんと出来ているみたいだ。現時点では六十パーセント程度しか植え付けできていないけど、再現度はかなり高いね」

水溜明は満足そうに頷《うなず》き、僕も安堵《あんど》の頷きを返した。

「ただ、君も知っている通り、君の身体はソルトが素体となっている。もちろん、色々と機能は拡張しているけど、人間を完全再現できるかは未知数だ。不備が起こることもあると思うけど……」

その先の言葉を僕が引き取る。

「うん、もし僕の活動中に不備や改善案があれば随時レポートにまとめて報告するから、その都度検討していこう。まだまだ改良の余地はあるはずだ」

「そうだね、研究開発の基本はトライアンドエラーだ。これからどんどんバージョンアップしていこう」

「やっぱり自分同士だから話がすぐに通じて効率的だ」と僕が言う。

「全くだね。全人類が僕らみたいになってくれたら、やりやすいのに」

僕たちは、二人とも『水溜明』だった。同じ記憶を持ち、思考回路を持ち、姿形も同じだった。会話などしなくても、お互いの考えること、求めていることがまるでテレパシーのように通じ合う。こんなに便利なことはない。

「それにしても、やっぱり母さんの発明はすごいな」

水溜明はそう言って、デスクの上に置かれたヘルメット型の装置に視線をやった。同じことを考えていた僕も、ほぼ同時にそれを見る。二人の僕の視線を受けて、ヘルメットの表面が誇らしげに光った。

バイザーの付いていない白いフルフェイスヘルメットのような装置は、ニューロンスキャニングマシン。

このヘルメットを被《かぶ》ると、脳内の神経回路がスキャニングされ、意識と記憶が電子データとしてコピーされる。この発明品のお陰で水溜明の人格をデータ化し、その一部をこのロボットの身体《からだ》に移植することができた。

「母さんはこれを作って、何をするつもりだったんだろう?」

この装置の生みの親は、僕の母、水溜稲葉《みずたまりいなば》だ。

母さんは天才だった。あまりに陳腐な言葉だけど、それ以外に彼女を表す単語が思いつかない。

もう世界のどこにもいない母さん。だけど、未発表の論文や発明品の設計図の記録が、常人には全く理解できないビッグデータとして残されていた。きっと母さんが僕に引き継いでほしかった研究がこの中にあるはずだ。そのためにも僕は解析を進めなくちゃいけない。

だけど、どれだけ時間をかけても、未《いま》だに全貌が見えてこない。ニューロンスキャニングマシンの設計図だって、解析できたデータのほんの一欠けらに過ぎなかった。

これだけでも十分世界を変えられる大発明なのに、母さんの記録の中にはまだまだ途轍《とてつ》もないものが眠っている気がしてならない。研究者としての好奇心より、むしろ恐怖が勝る。

「母さんのやり残したことが、分かる時が来るのかな?」

ぽつりと、水溜明《あきら》が呟《つぶや》く。珍しくこんな弱気なことを口にするのは、僕が他人だからではなく、同じ水溜明だからだろう。

「どうだろう。ただ、母さんが僕に何かを託したのは確かだから」

別れ際の母さんの表情が、電子頭脳上で蘇《よみがえ》る。ノイズの雨に打たれながら僕にネックレス型の記憶媒体を渡した時の母さんの微笑が、視界に映った。

「ああ、そうだね。……さて下らない感傷に浸っていたせいで時間を無駄にしたね。改めて君に頼むよ。僕が母さんの研究を明らかにするために、学校に余計な時間は割きたくない。だから、今日から君が僕として学校に通うんだ」

「うん、分かってるよ」

「言うまでもないことだけど、周りに君がロボットだとバレないように注意してくれ。バレたら、また茜《あかね》さんがうるさいから。まったく彼女のお説教のせいで、これまでどれだけの時間をロスしたことか……」

茜さん、……、記憶にあった、あのポニーテールの女の子のことか？

確か、同じクラスの生徒だった。そのことは覚えているが、名前で呼ぶほど親しい間柄だっただろうか。

うーん、ダメだな、完全に記憶が引き継げたわけではないようだ。

ソルトの電子頭脳を拡張したとは言っても、所詮はこの程度のスペックだ。まだまだ容量が足りない。これまでの水溜明と記憶の齟齬《そご》が発生するかもしれない。

まあ、学校生活をするくらいのことは、今の状態の僕でも十分可能だろう。

第一章

1

食事をする必要のない僕は、パソコンの前で突っ伏して寝ている水溜明《みずたまりあきら》を起こさないように静かにラボを出る。

マンションのエレベーターを降り、朝日に照らされた通学路を歩み、少しずつ増えてくる制服の群衆に紛れながら高校へと向かう。

校門の前では、通学中の生徒の合間を縫いながらソルトが掃除していた。下半身の一輪タイヤで地面を滑るように走りながら、両手に持った竹ほうきでゴミをかき集めている。

ソルトは人間の生活をサポートするために開発された、最先端ロボットだ。オフィスから一般家庭まで幅広く普及している。製品化された当初は物珍しさから街を歩く人たちから注目を浴びていたけど、今では日常の光景として受け入れられている。

そんなソルトの脇を歩き去る僕は、ソルトとは違って二本の足を持っている。

僕の身体《からだ》はソルトを素体にしているが、下半身だけは新たに開発されている。この二足歩行を支えるため、重心制御装置も組み込まれていた。

二足歩行機能が設計通りに作動していることに満足しながら、教室へ入る。

クラスメイトの物珍しそうな視線が、一斉に僕へと集中した。

そんな中、教室の真ん中で女子生徒と談笑していた赤髪のポニーテールの少女は、僕に気づいてわざわざ近づくと、僕の前に立ちふさがる。

「もお、やっと来た。ったく、一週間ぶりの登校で私のこと忘れてないでしょうね？」

そう笑いかけながら僕の肩を小突く。

クラスメイトというだけの間柄なのに、ずいぶん馴《な》れ馴《な》れしい少女だ。

「……」

「な、何、そんなじっと見ないでよ。顔になんかついてる？」

少し観察していただけなのに、ポニーテールの少女はなぜか慌てたように、自分の顔を撫《な》でまわしている。

「おっす、明。久々だな」

また、違うクラスメイトが現れた。

同世代の男子としては背が高く、茶色の髪をとさかのように立てている。

この少年は誰だったか。

「いやぁ、やっとお前が来てくれて、俺はほっとしたよ。なんせ、明がいない時は、茜《あかね》ってばずっと落ち着きがなくて、見ているこっちまでソワソワしちまうよ」

「わ、私は別に何とも……」

「へぇ、そうかい？　先週、『今頃、明君どうしてるかしら』『ちゃんとご飯食べてるかな』『まさか、また家で倒れたりしたら』ってずっとブツブツ言ってたのは、どこの誰で」

男子クラスメイトの言葉は途中で遮られた。と言うのも、ポニーテールの少女が髪色よりも顔を赤くして、彼の横腹に肘を叩《たた》きこんだからだ。

「あんたはまた余計なことを！」

「ぐ、ぅう、は、腹は、痛《いて》ぇって」

真っ赤になった少女とは対照的に、男子クラスメイトは青ざめた顔になって腹部を押さえている。かなり内臓にダメージが入ったようだ。

いつまで経《た》っても僕の進行方向を塞ぐ二人に、流石《さすが》に堪忍袋《かんにんぶくろ》の緒が切れる。

赤と青、二人の顔を交互に眺めて検出した顔パターンを、僕の記憶データの登場人物と照合する。両者該当あり。そうやって判明した二人の識別名を僕は口にする。

「いい加減、そこを退《ど》いてくれないか、出席番号十五番、三番」

僕がそう言い放った途端、この場が急に静かになる。

「…………は？」

呆気《あっけ》に取られたように二人はポカンと口を開いて、僕を見ていた。

もしかして人違いだっただろうか。

少し心配になり、改めて検証したがマッチング率は九十九パーセントと出る。この二人は、出席番号十五番と三番に間違いないはずだ。

「な、何、言ってんの、明君《あきら》」

「おいおい、なんで昔の呼び方に戻っちまったんだ？」

呼び方とはなんのことだ？

僕はいつもの水溜明《みずたまり》と違うことをしてしまったのか？

追及したそうな二人だったが、丁度朝礼の開始を告げるチャイムが鳴り、担任教師が入ってきたことでそれぞれの自席に向かった。

二人から解放された僕も、ようやく腰を下ろすことができる。

ここでもう一度、僕の記憶を検証し直す。

ストレージに収められた水溜明の記憶データの中から、すぐさま彼らの呼び方に関連しそうな記憶をフィルタリングして呼び出した。

※

あれは、高校に入学して三カ月ほど経ったときのことだ。

「なんで壊れたソルトの代わりに、私が放課後に掃除しなくちゃいけないの？　あーあ、バイトのシフトずらさなきゃ」

「茜《あかね》ってば本当に世話好きだもんね。頼まれたから断れない性格ってことを先生も知ってるんだよ。ほら、この前もプリント運ぶのを手伝ってたし」

「ねえねえ。実はその学校のソルトを壊したの、水溜君だって知ってた？」

昼休み。騒がしい教室の中で自分の名前がふと耳に入り、目覚まし時計に叩き起こし用の腕を取り付けようと改造中だった僕の手が止まる。

どんなに周囲がうるさくても、自分の名前だけは無意識のうちにちゃんと聞き取れてしまうことを、心理学用語でカクテルパーティー効果といったはずだ。名付けた学者はよほどパーティーが好きだったんだろうか、だとしたら僕とは絶対に仲良くなれなかっただろうな。

会話が聞こえたのは、弁当を広げている三人の女子グループからだった。

「聞いた聞いた。業者を呼んで修理するはずだったソルトを、自分が直せるからって勝手に弄《いじ》って、結局完全に壊しちゃったみたい。だから新しいソルトが届くまで、誰かが掃除しなくちゃいけないってことで、茜《あかね》、ご愁傷様でーす」

それは事実と少し異なる。

僕はそのソルトを一度は完全に修理して、元通り動けるようにした。ただ、せっかくだから出力をパワーアップさせようと改造したら、その負荷に関節部が耐え切れなくて修理不能のダメージを負っただけだ。

わざわざ訂正しに行くのも面倒なので、心の中に留《とど》めるけど。

「でもそれなら茜じゃなくて、水溜《みずたまり》君が掃除当番にならないとおかしいんじゃないの？」

「仕方ないんじゃない？　成績トップクラスだもん。学校側も水溜君がいれば難関大学の合格者数が稼げるってことで、あんまり強く注意できないって噂《うわさ》だし」

「あー、納得。これまでも学校の備品を使ってよく分からない発明をしたり、授業の内容が最新の学説と異なるって先生に指摘しに行ったりやってるのに、反省どころかエスカレートしてるもんね。さっすが天才少年」

　これまでの二人の会話の聞き役に徹していた赤いポニーテールの少女が、話題に興味を持った感じで口を開いた。

「天才ってどういうこと？　いつもぼんやりしている科学オタクにしか見えないけど」

「水溜君のお父さんってソルトを開発したすごい科学者で、水溜君もそれに協力してたんだって、単に勉強ができるだけじゃないみたい」

　確かに、ソルトの開発者は世間的には僕の養父ということになっているし、僕も多少なりと開発に関わった。だが、設計の大部分は僕の母親、水溜稲葉《いなば》によるもので、僕らは母さんが開拓した道を後から辿《たど》っただけだ。ソルトの開発者という名誉は、本当は母さんに与えられるべきものだ。

「……だからって好き放題やってお咎《とが》めなしなんて変でしょ。誰も言えないなら、私が注意してくる」

　がたん、と大きな音を立てて椅子から立ち上がった赤いポニーテールの少女が、僕の下へやってくる。

　やれやれ、面倒なことになった。

　ただでさえつまらない学校の時間、退屈しのぎのためにこうやって目覚まし時計を改造しているのに、それすらも邪魔されるなんて。

「ねえ、水溜《みずたまり》君」

僕の傍《そば》にやってきたポニーテールの少女が口を開く。

「どうしたの、出席番号十五番」

「なにそれ、私には幸村茜《さちむらあかね》っていう名前があるんだけど、クラスメイトなんだからそれくらい覚えてよ」

「名前なんてどうでもいいよ。ただの個体識別番号だ」

少女の形の良い眉がぴくりと動く。

「む。相手に失礼だとは思わないの？」

「じゃあ君は、ソルトのことをなんて呼ぶ？」

「は？　ソルトはソルトでしょ」

「複数体のソルトをそれぞれ区別したい時はどうする？」

少女はポニーテールと一緒に首を傾けて考え込む。

「えっと、まあ、……例えば、製造番号……とか？」

「それと同じこと。ソルトの製造番号に該当するものとして、同一のクラスに属する僕らには出席番号が与えられている。なら、そちらで呼び合った方が分かりやすいだろう？　僕としては名前よりも数字の方が覚えやすい」

「ああ、もう。それはともかく、私が聞きたいのは、水溜君が学校のソルトを壊したってホントなのってこと」

鋭い眼光が僕を見下ろしている。

「壊してない。僕の高度な設計思想に既存のソルトではついて来れず、再起不能になっただけだ」

「それを世間一般では壊したって言うの。……ねえ。水溜君がソルトを壊したなら、掃除当番は水溜君がするのが筋じゃないの？」

「嫌だ」

「そ、そんな直球で返されるとかえって潔《いさぎい》いわね。そんな子供みたいな主張通るわけがないでしょ！」

「壊れたソルトの代替品は僕のお金で購入しているし、反省文も提出済みだ。ソルトが担当していた掃除まで肩代わりする義務は僕にない」

「私、水溜君の代わりに掃除当番にされたんだけど、少しは申し訳ないって思わないの？」

「思わないね。掃除に時間が取られて、僕の研究の時間を圧迫することの方が問題だ」

出席番号十五番は、研究と言う単語に少しだけ興味をひかれたような顔をする。

「へー、今はなんの研究をしてるの？　ソルトのバージョンアップ版とか？」

「違う。ソルト以上に世界を変えることができる研究だ。だから僕の時間は貴重なんだ、無駄なことに使っている場合じゃない。君は僕の代わりに掃除をすることで、間接的とはいえこの研究に貢献できるんだから、そのことを光栄に思うべきだ」

「こ、こんのぉ、言わせておけば」

両手を組み合わせ、僕を脅すようにぽきぽきと音を鳴らし始めた。

「ストップ。まてまて、落ち着けって」

そう言いながら僕らの間に割って入ってきたのは、とさか頭の男子クラスメイト。そいつはポニーテールの少女を宥《なだ》めるように両手を差し出しながら、僕に耳打ちする。

「おい、水溜《みずたまり》。ここは謝っとけ」

「待ってくれ、出席番号三番。僕には何も謝罪すべきことがないのに、なぜ謝らないといけないんだ」

「俺のことも番号呼びかよ。っていいか、茜《あかね》は怒るとマジで怖《こえ》ぇぞ。バイト先に来たクレーマーを、何人泣かせて叩《たた》き出《だ》してきたことか」

「ちょっと聞こえてるんだけど！　心配しないで、別に手は出さないから」

ぐいっと出席番号三番を押しのけた十五番は、凄《すさ》まじい形相で僕を睨《にら》む。

「今日の放課後、絶対に残って校舎の隅々まで掃除しなさい。サボったら許さないからね」

その目は、冗談でも脅しでもなかった。背筋に冷たいものが走る。

清掃の大部分をソルトに任せるようになってから、僕はほうきすらまともに触ったことがない。校舎の隅々なんて、一晩かけても終わる気がしなかった。

「だ、だから、僕には研究があって、無駄な時間は……」

十五番の険しい表情が少しだけ緩み、ため息とともに呆《あき》れたような声を吐き出す。

「はいはい、分かってますって。別にあなた一人に押し付けるつもりはないわよ。私も手

伝ってあげるから、さっさと済ませましょ」

「ふう、血を見ることにならなくてよかったぜ。何なら今日は俺もバイト休みだし、手伝ってやるよ、水溜《みずたまり》」

出席番号三番の男は僕に向かって歯を見せて笑うと、親指を立てた。

彼らは、何の理由があって僕の掃除を手伝うというのだろう。

離れた席で僕らのやり取りを見守っていた二人の女子クラスメイトが、顔を見合わせて呟《つぶや》いている。

「やっぱり世話好きだよね、茜《あかね》って」

※

2

水溜明《あきら》とあの二人の出会いについては把握できた。

しかし、やはり彼らを出席番号で呼んでいたのは事実だった。この時の記憶以降に、関係性が変化する出来事があったと推測できるが、今の僕の電子頭脳にその時の記憶データは見当たらない。電子頭脳の容量的に入りきらなかったデータがあるのだろう。帰宅したら電子頭脳を拡張し、より多くの記憶データを移植しなければならない。

普段の水溜明の行動をなぞるべく、これからは彼らを名前で呼ぶようにしよう。

「なあ、俺。お前を怒らせるようなことをしたか？」

僕の隣の列に並んでいた出席番号三番、いや、大林邦人《おおばやしくにひと》が困ったように言った。

「いや、別に」

「じゃあ、どうして今朝は昔みたいに出席番号で呼んだんだ？」

「冗談だよ、邦人」

「あの時のお前は大マジだったとしか思えねえよ。もしかしてなんかあったのか？　体調でも悪いとか？」

まずいな、余計な疑念を抱かせてしまった。

「体調が悪ければ、この体育の授業は見学していたよ」

僕はそう誤魔化《ごまか》して、顔を前に向けた。

丁度その時、僕らの前に立っていた生徒が、体育教師が鳴らしたホイッスルの合図と共に走り出した。百十メートルの距離を走りながら、その間に並ぶハードルをぴょんぴょんと飛び越えていく。

その様子を見ていた僕は隣の邦人に話しかける。

「ハードル走なんて実に無意味な競技だと思わない？　今の時代、移動手段は自動運転車から電動キックボードまで多種多様だし、わざわざ飛び越えなくちゃならない障害物が等間隔で並んでいることなんてあり得ないのに。どんな状況を想定して、この競技をやらせているんだろうね」

「そういう発言が出てくるってことは、確かに体調は悪くなさそうだな。ちょっと安心した。ほら、文句言ってないで、そろそろ俺らの番だぜ」

邦人《くにひと》の安堵《あんど》した表情を見ると、うまく誤魔化《ごまか》せたようだ。

走っていた生徒がゴールラインを越えたことを確認した体育教師が、二列の先頭にいる僕らの方を向く。

そして、ピッと鋭いホイッスルの音を捉えた聴覚センサーに従い、僕は地面を蹴る。ほぼ同時に、隣の邦人も走り出すのが分かる。

僕の前方には、立ちふさがる十台のハードルが見えた。

ロボットの身体《からだ》で、うまく越えられるだろうか。

ハードルの高さは一・六メートル。それぞれの間隔は約九メートル。さらには地面の状態、向かい風の速度、ハードルの僅かな傾斜など、身体に備わったセンサーで取得したあらゆる数値を、僕の二足歩行を支える重心制御ユニットに叩《たた》き込《こ》む。

僕は意識ではなく、制御ユニットに身体の動作を委ねる。

人工筋肉が完璧なタイミングで伸縮を行い、僕の身体を軽やかに跳躍させた。背中に羽が生えたように、十台のハードルを軽々と飛び越える。

意図せずして、重心制御ユニットの動作テストを行うことができ、そして満足できる結果が出せた。

ゴールラインを越えた僕は、少しの名残惜しさを覚えながら足を止める。

よし、完璧に動作した。

「お、お前、う、そだろ。やっぱ、おかしいって」

「どうしたんだ、邦人。汗だらけじゃないか」

振り返ると、荒々しく肩で息をする邦人が、若干恨めしげな目で僕を見ていた。

「なんで、あんなに速《はえ》ぇのに、汗一つもかいてねえんだよ」

ようやく僕は、邦人だけではなくその場にいる全ての人間の視線を集めていることに気づいた。体育教師など、口をポカンと間抜けに開いたせいで、咥《くわ》えていたホイッスルを落としている。

そうか、僕は早く走り過ぎてしまったのか。同じタイミングで走り出した邦人を、悠々と置き去りにしてしまうほどに。

気付いた時にはもう遅かった。

邦人の疑惑の視線はどんどん濃くなっていく。

「……ぜってぇおかしい。明《あきら》、もう一度、走ろうぜ。お前に負けたことがどうも納得できねえ」

「僕はもういいよ。疲れちゃったし」

「疲れている顔には全然見えねえぞ。ほら、スタートラインに戻れ。次にお前が勝ったら、俺のバイト先で好きなもんを一品奢《おご》ってやるから」

「別に要らないんだけど」

しかし、邦人《くにひと》は言うことを聞かず、また競争させられた。

不運なことに、僕の作り上げた重心制御ユニットは完璧だった、完璧すぎたと言ってい い。素早く走ることはできても、下手に走ることはできなかった。負けようとするとどう しても不自然な走り方になってしまい、「お前、わざとハードルにぶつかっただろ。仕切 り直しだ」と邦人が怒り出してしまう。

結局のところ、その後も僕は邦人と十回走り直して、その全てで圧勝してしまった。

3

「で、こういう有様なわけね」

テーブルの真向かいに座った出席番号十五番こと茜《あかね》さんが、配膳されていく料理の数々を呆《あき》れたように眺めている。

「ああ、そういうこった」

バイト先のファミレスの制服に身を包んだ邦人が、『国産牛百パーセントの熱々チーズハンバーグ』を僕の前に置くと、がっくりと肩を落とした。

「ちっくしょー。なんで勝てなかったんだ？」

悔しそうな邦人は、胸の前で固めた拳をわなわなと震わせている。

「でも本当に不思議ね。もしかして何か発明品を使ってたの？」

茜さんまで僕に疑いの目を向ける。

水溜明《みずたまりあきら》が邦人に運動勝負で勝ってしまったのはやはり不自然すぎたか。

ここは茜さんの質問を肯定しておこう。

「あ、うん、実はそうなんだ」

しかし、すかさず邦人が口を出す。

「嘘《うそ》つけ。じゃあ、その発明品見せてみろよ。あの時履いてた靴も体操着も普通だったし、ロケットブースターを背負っているようにも見えなかったけどな」

「……………」

マズい、二人に提示できるものなんてない。

「ほらな、やっぱり何もねえじゃん」

ますます疑惑が深まっていく。

言葉に詰まった僕を見かねたのか、茜さんが邦人を見上げて言った。

「ま、仮にどんな手品があったとしても明君が勝ったのは事実なわけだし、ここは全部あんたの奢《おご》りってことでいいわよね」

邦人は苦虫を噛《か》み潰《つぶ》したような顔になる。

「ぐ、まあ、確かに、勝負を持ち掛けたのは俺の方だからな、二言《にごん》はねえよ」

「じゃ、遠慮なく頂いちゃいましょうか。私、今日シフト休みでよかったー。ここのスペシャルチョコパフェ食べてみたかったのよね」

と、茜《あかね》さんが学生の身分では手の出しづらい価格設定がされている高級パフェに手を伸ばす。

「って、なんでお前まで食ってんだ！」

そんな邦人《くにひと》の言葉を僕が遮った。

「いいんだよ、邦人。僕一人じゃこんなに食べきれないから」

「だってさ、残念だったわね」

茜さんが勝ち誇ったように、にやりと笑った。

「あ、明《あきら》がそれでいいならいいけどよ」

「ほらほら、いつまでも無駄話してないで、早くキッチンに戻りなさいよ。先輩が困ってるんじゃない？」

茜さんは、客席を隔てるガラス窓の向こう側にあるキッチンを見つめる。そこでは、邦人と同じ制服を着たバイトの女の子が忙しそうに動き回っていた。

「ちっ。どうぞごゆっくり」

捨《す》て台詞《ぜりふ》を残した邦人は、そのままキッチンのヘルプに入った。

「さて、邪魔者もいなくなったことだし、頂いちゃいましょう」

茜さんはパフェスプーンでパフェのチョコアイスを掬《すく》い、口元に運んだ。

「んー、美味《おい》しい！」と味を堪能《たんのう》するかのように目を閉じて、頬《ほお》を押さえる。

余程気に入ったのか、パフェと口を往復するスプーンの動きがどんどん速くなる。

「それにしても相変わらず、忙しいファミレスだね」

僕は客席の合間を走り回るソルトやバイト店員を眺めてから、キッチンで慌ただしく調理を始める邦人《くにひと》たちを見た。

「接客も調理も全部ソルトに任せればいいのに。中途半端に人間も採用しているせいで非効率になっている」

「それはバイトの私たちにクビになれって言ってるわけ？」

対面の茜《あかね》さんがスプーンを咥《くわ》えながらこっちを睨《にら》んでいる。

「でも実際に従業員が全員ソルトになっている店も多いでしょ」

「まあそうだけど。お客さんの中には、接客にしても調理にしても、ソルトじゃなくて人間にしてほしいって人もまだまだいるのよ。そっちの方が安心だからって」

「まったく理解できないな」

ソルトが家庭や職場に普及した現在でも、古い価値観に囚《とら》われている人間は数多い。技術的な進歩の速度に、社会の方が追いつけないのだろう。

そんな考え事をしていると、パフェを食べていた茜さんの手がはたと止まった。

「ちょっと、私ばっかり食べさせないでよ。勝負に勝ったのは明君《あきら》なんだから、明君も食べなさい。最近研究続きだったから、どうせろくに食事もしてなかったんでしょ？」と、少し恥ずかしそうな顔で言う。

「あ、うん、そうだね」

フォークとナイフを手に取るが、気は進まない。

昔から料理に興味はないし、そもそも今の僕はロボットの身体《からだ》だ。食事の真似《まね》くらいはできるけど、味覚を感知するセンサーがないから味が分からない。咀嚼《そしゃく》した食べ物を腹部の廃棄用ボックスに封入して、後で取り出して捨てるだけだ。

とは言え、茜さんの前で全く口を付けなかったら、不自然に思われる。

仕方ないか。

僕は、鉄板の上でジュウジュウと音を立てるハンバーグをナイフで均等に分割し、そのうちの一切れを口に放り込んだ。

モグモグ。

……何となく柔らかいことと、肉汁らしき液体が口一杯に広がっていることだけは感じられる。

けどやっぱり、味は分からない。

まあ、無難に美味《おい》しいと言っておけば何も問題はないだろう。

だけど僕がそれを言う前に、茜さんが目を丸くする。

「うわ、一息に食べたね、熱くなかった？」

そうか、全然気にしてなかったけど、鉄板の上のハンバーグはまだ相当の熱を持っていたはずだ。一切れとは言え、それを一口で食べたのは不自然だったか。

「あ、ちょっと火傷《やけど》したかも」

急いでコップの水を飲む。

「大丈夫？　落ち着いて食べなさいよ、全くもう」

茜《あかね》さんにクスリと笑われてしまった。

変に思われなかっただろうか。今度はもっと慎重に食べないと。

フォークに刺したハンバーグを口元に運び、何度も息を吹きかけて冷ましていく。

「って、今度はゆっくりし過ぎ、ソース垂れてるじゃない」

「え？　ああ、ほんとだ」

視線を落とすと、ハンバーグに絡んでいたデミグラスソースがポタリと僕の制服の胸元に垂れ、斑点模様を描いている。

「早く拭きなさいよ。シミになっちゃうでしょ！」

慌てて隣にやってきた茜さんが僕の胸元を引っ張り、ソースが垂れた部分をお手拭きで拭ってくれる。

「あーあ、これなかなか落ちないかも」

その後も何度かお手拭きで叩《たた》いたものの、デミグラスソースは僕の制服に薄茶色の雨模様としてしっかり刻み込まれてしまった。

「僕は気にしないよ、これくらいの汚れ、開発中にしょっちゅうあるし」

「作業着ならいいけどこれは制服でしょ。こんな目立つシミのまま学校に行く気なの？」

「なにか問題があるかな？」

「はあ、これだから明君《あきら》ってば……」

深いため息を吐《つ》かれてしまった。

「あはは、そのやり取り、なんか親子みたいだな」

丁度、空になったパフェのグラスを下げに来た邦人《くにひと》が、笑って囃《はや》し立《た》てた。

……『親子』か。母さんと僕もこんな会話をしたことがあったのかな。

「うっさい。どう見ても同い年でしょ」

「おっと、恋人みたいの方がよかったか？」

「んなわけないでしょ！」

茜さんと邦人のやり取りが、どこか遠くに聞こえた。

その代わりに耳元で聞こえたのは、母さんの優しげな声だった。

――明君、スープ、零《こぼ》してるわよ。

親子というキーワードが、僕の中にあった記憶を引き出す。

※

口の端から零れたスープを、母さんがハンカチで拭いてくれる。そんな光景が目の前に広がった。

ああ、懐かしいな。

母さんとの思い出は、実際のところ数えるほどしかない。

母さんはずっと研究ばかりで、僕と家族として過ごす時間はほとんどなかった。ようやく研究から距離を置き始めるのは身体《からだ》を病に侵された後だったし、それからすぐに僕は養護施設に預けられてしまった。そして、そのまま、母さんは帰らぬ人になった。

だから、この時の思い出は忘れられないエピソードの一つだ。

その日、珍しく母さんが手料理を作ってくれた。

幼い僕はそのことが嬉《うれ》しくて、出された料理を夢中になって食べていた。ふと顔をあげると、テーブルの向こうには母さんの穏やかな表情があった。

あの時の料理を超える味を、僕は知らない。流石《さすが》、何でも作れる母さんだ。一流シェフにも負けない腕前だ。

──ゆっくり食べなさい、お料理は逃げたりしないから。

僕の口元を拭って、母さんは微笑《ほほえ》んだ。

あの時の母さんは、自分がもう長くないと知っていたんだろうか。いわゆるおふくろの味というのを僕に教えたかったのか。

真実は分からないけど、でも、美味《おい》しかったことは覚えている。

優しい料理の味。僕を見守る母さんの表情と同じ、優しくて、温かくて、ほっとする味だった。

その時、脳裏で再生されていた思い出に突如ノイズが混じり、別の記憶データに割り込まれる。

……なんだこれは。

ここは、水の中？

目の前で、無数の泡が浮き上がる。ぶくぶくと、上に流れていく。

息苦しくはない。僕は液体に閉じ込められている。母さんの作るスープみたいに温かくて、少し粘度を帯びた液体の中に。

そして、そんな僕を、母さんが覗《のぞ》き込《こ》んでいる。

ここはどこなの？

僕はなんでこんなところにいるの？

そんな言葉の代わりに、口から出てくるのは泡ばかり。必死で手を伸ばしたけど、母さんには届かない。

その時、僕を見つめる母さんの顔が、見たことのない冷たい表情をしていることに気づいた。

……こんな母さんは知らない。僕のことを、まるで研究対象のように見る母さんなんているはずがない。

なんで、どうして、母さんは、そんな顔をしているの？

僕の疑問に記憶の中の母さんが答えてくれるはずもなく、伸ばした手は届かなかった。

もがき苦しんでいると、やがて首根っこを引っ張られたように僕の視界が一気に遠のいていく。目の前の映像はあっという間に視界の中央で点になり、そして消え去った。

※

僕の意識は現実の重力に引き戻される。

「明君《あきら》ってば！」

我に返ると、耳元で茜《あかね》さんが叫んでいた。

視界は再び、あのファミレスに戻っていた。隣では茜さんが青い顔をしている。

「あれ、僕……」

「いつまでぼっとしているの？　早く手を放して！」

手を放す？

茜さんは何を言っているんだ？

ふと視線を下げると、僕の右手はハンバーグが乗っていた鉄板の縁を握り込んでいた。

記憶の中の母さんに向かって伸ばした手が、現実ではこんなものを掴《つか》んでいたなんて。手の下からはジュウという音と焦げた臭い、そして微《かす》かに白い湯気が立ち上っていた。

バギンッと鈍い音がしたかと思うと、鉄板が僕の手から離れてテーブルを叩《たた》いた。右手の握力に負けた鉄板の縁の一部が、抉《えぐ》り取《と》られるように欠けている。

握りこぶしを解《ほど》くと、粉々になった鉄板の残骸が手のひらからポロポロと零《こぼ》れ落《お》ちる。僕は、右手で鉄板を握り潰してしまったようだ。

「あ、明君？　ど、どうしたの？」

隣の茜さんも、キッチンから駆け付けた邦人《くにひと》も、周りのお客さんも静止した時間の中にいるように固まって、奇異の目で僕を見つめていた。

「ごめん、茜さん。やっぱり調子が変だから。今日はもう帰るよ」

「待って、明君！」

その声を振り払って、僕は逃げた。

ファミレスを飛び出すと、茜さんに追いつかれないように、薄暗くなった歩道を重心制御ユニットの性能を限界まで引き出して走り抜ける。

道行く人を次々に追い抜いて、好奇の視線を集めながらも、僕の足は止まらない。

以前の水溜明《みずたまり》であれば移動に十数分かかる距離を、今の僕はあっという間に踏破して、自宅のマンションへと駆け込んだ。

この時間帯なら、水溜明はラボに籠り切っているはずだ。

エレベーターから廊下に降りて、ラボの二階部分に続く扉を開く。ラボは三フロアをぶち抜いて作られた、縦に長い空間だ。普段ならリフトを使用して最下層まで降りる必要があるのだが、今の僕には関係ない。

転落防止柵を体育のハードルよりも軽々と飛び越えて、僅かな浮遊感を覚えた後、数メートルの高さからストンと落着する。今の身体《からだ》なら、これくらいの曲芸がこなせる。

「ああ、お帰り、お疲れ様」

僕がやって来ても、デスク前に座る水溜明《みずたまりあきら》は驚く素振りも見せず、モニターから視線を外さなかった。

「報告があるんだ、実は」

「分かってるよ。君の様子は、研究の合間に時々確認していたからね」

そう言って顎で指し示したのは、水溜明の前にある一つのモニター。そこには水溜明の背中が映っていた。正確に言うとこの映像は僕の視界だ。このモニターがリアルタイムで映し出している。

「鉄板の熱のせいで、手のひらを覆っていた人工皮膚の一部が融解したみたいだね。それくらいならすぐに修復できるから大丈夫だよ。ほら、これを貼っておきな」

水溜明が差し出したのは、大きめの絆創膏《ばんそうこう》のような一枚のフィルム、人工皮膚だ。水溜明の細胞を培養して作成しているため、本物とほぼ同質のものだ。これを露出した部分に貼ればすぐに癒着して修復できる。

「今日は初回にしてはよくやっていた。多少の不自然さは否めないけど、茜《あかね》さんも邦人《くにひと》も、君がロボットだとは気づいてないと思うよ。さっきのトラブルだって、装着していた発明品が暴走したとか言っておけば大丈夫だ」

僕は人工皮膚を覆っていたフィルムをペリペリと剥《は》がしてから、絆創膏のように手のひらに貼り付ける。これで露出していた機械の身体は見えなくなった。

だけど、これだけじゃまだ不安だ。

そのことは水溜明も分かっているようで、僕が口を開くよりも先に話を続ける。

「とはいえ、やっぱり君はまだ不安定な状態にあるようだ。電子頭脳のスペック不足やプログラムの最適化が課題かもしれないね。さっきみたいな暴走は二度と起こらないようにしないと。それと、僕らの記憶の齟齬《そご》をもっと少なくしないとダメだ」

自分同士だから話が早くて助かる。

「うん。君の言う通りだ。特に邦人や茜さんとは接触の機会が多いから、あの二人にはバレないよう注意したい。二人とうまくやっていくためには、彼らに関する記憶がもっとたくさん必要だ。それで君に聞きたい。僕の記憶ではあの二人のことを出席番号で呼んでいたはずなのに、いつから名前で呼ぶようになったんだ？」

水溜明は腕を組み、首を傾《かし》げる。

「それはね、えーと、…………………あれ、なんでだっけ？」

「……」

そのすっとぼけた表情は、自分ながらしゃくに障《さわ》る。茜さんがたまに僕にイライラする理由がちょっと分かるような気がした。

「ごめん、僕自身も覚えてない。そんなに重要な記憶だとは思っていなかったから、君に移植していなかったんだろう。まあ安心してくれ、これから君のストレージを拡張して、インプットできる記憶の容量を大幅に増量するつもりだ」

水溜明《みずたまりあきら》が親指と人差し指で挟んだ、切手サイズの半導体チップをかざした。

「これでデータの処理能力が向上して、より僕としての振舞いが安定するはずだ。それに記憶容量も大幅にアップするから、僕の記憶のおよそ八十パーセントを保持できるようになる。あの二人との記憶は君の方で探してくれ。たぶんどこかに転がってるだろう」

「自分の記憶のことなのに、置き忘れた工具みたいな言い方をするんだね」

「そうだね。だから少し探せばすぐに見つかるはずだ。それじゃあ君の改造のために、少しの間シャットダウンさせてもらうよ」

そう言って作業着のポケットから、スイッチが一個だけ付いたリモコンを取り出す。

「意識を失う前に、もう一つ聞きたいことがあるんだ」

「何かな？」

「母さんとの記憶だ。そのモニターで君も見ていただろう？」

水溜明は首を傾《かし》げる。

「何のこと？　このモニターは君の視覚センサーが感知した情報だけを映しているから、君が僕の記憶で何を見たかなんて分からないよ」

「それなら聞いてほしい。僕は、母さんとの記憶を思い返していて、すごく不自然な光景を見たんだ。いつもみたいに優しい母さんじゃなくて、とても冷たい、まるで観察者のように冷静な目で僕を眺めていた。……あれは、何だったんだ？」

記憶に欠損のある僕と違って、完全な記憶を持つ水溜明なら納得できる説明をしてくれる。僕のこの不安をすぐに拭い去ってくれる。そう期待していた。

だけど返ってきたのは、困惑の表情だった。

「悪いけど、そんな思い出はないよ。僕の記憶にある母さんはいつだって穏やかに笑っていた。それ以外の表情なんて知らない」

それがウソでないことは、よく分かった。

「でも、それならあの記憶は？」

「一種の幻覚だろうね」

水溜明はあっさりと結論付けた。

「恐らくは、僕の記憶をコピーする際に不具合が発生したんだ。全く異なる複数の記憶が混ざり合って、ありもしない記憶を生み出してしまったと考えるのが妥当だね」

「だけど、あれは、とても生々しくて……」

「DNAだって複写時にエラーが起きることもある。それと同じだ。スペック不足の電子頭脳に無理矢理《むりやり》僕の記憶を植え付けたんだから、何が起こっても不思議じゃないよ」

水溜明の説明は、確かに理解できる。

だけど、本当にそうなのか。

今の僕は、スキャニングした水溜明《みずたまりあきら》のデータを電子頭脳に搭載している状態だ。

だったら、目の前の水溜明ですら忘れていた記憶を僕が思い出した、ということもあり得るんじゃないか?

僕の脳細胞に刻まれているけど、今まで読み取ることができなかった、僕が無意識のうちに隠していた記憶。だから母さんのあの表情も、全部本当にあった出来事かもしれない。

しかし、これは推測に過ぎない。

こんなあいまいな可能性を口にしたって、水溜明は納得しないだろう、そのことははっきり分かっている。

なぜなら、僕も水溜明だからだ。

目の前の人物がどういった点に疑問を持ち、どんな証拠を見せれば納得するのか、よく分かっている。

今の僕には、彼を納得させるだけの情報がなかった。

「さて、もういいかな。早いとこ君の改造を始めないと、明日《あした》まで間に合わないからね」

僕が承諾の意思を表す前に、水溜明は手にしていたリモコンのスイッチを押し込んだ。

リモコンから発せられる電波に乗ったコマンドは僕の電子頭脳に浸透して、意識のプログラムにシャットダウンを呼びかける。

それを、僕は拒絶できない。

機械の身体《からだ》である以上、問答無用でそれを受け入れてしまう。

入力されたシャットダウンコマンドによって、僕の無意識が電子頭脳のスイッチをオフにする。

まるで停電したかのように視界は一瞬にして暗転し、僕の意識は夢のない眠りに落ちた。

第二章

1

「君のスペックは大幅に向上した。記憶の移植は八十パーセント以上完了している。これでもう失敗することはないから、堂々と登校すればいいよ」

目覚めた瞬間に言われた水溜明《みずたまりあきら》のこの言葉をどこまで信じていいのだろう。自分のことながら、いまいち信用ができない。

それでも僕は昨日と同じように学校に向かい、教室に足を踏み入れた。

「明君！　昨日はなんで急にいなくなったりしたの？　大丈夫なの？」

待ってましたとばかりに、不安な表情をした茜《あかね》さんと邦人《くにひと》が現れる。

僕は何も問題がないことを見せつけるように右手を突き出して、握ったり開いたりを繰り返す。そこには人工皮膚が癒着され、本物の人間と変わらない見た目の手があった。

「うん、驚かせてごめん。実は昨日、制服の下に開発中のパワードスーツを着込んでいたんだけど、不具合があって暴走したみたいだ」

「……パワードスーツって、アメコミヒーローが着ている鎧《よろい》みたいなやつだろ？　そんな大層なものを着ているようには見えなかったけどな」

邦人が訝《いぶか》しげな顔をする。

「邦人の想像しているのとは違って、ＡＥＤのような電極パッドから発生した電力で、筋力を一時的に増強させる簡易的なものだよ。僕が邦人とのハードル走に勝てたのは、それを装着していたからなんだ。けど、あの時急にスイッチが入ったまま戻らなくなって、周囲に危害を与える可能性があったから、すぐにその場を離れるしかなかったんだよ」

言い訳は事前に水溜明と一緒に考えていたので、すらすらと口から出た。

論理的で矛盾のない内容のはずだが、二人の顔は晴れない。

「本当に大丈夫なの？　昨日から全体的に変だけど」

「変っていうのは具体的に？」

茜さんは眉を寄せて、うーんと考え込んだ。

「その、うまく言えないんだけど、いつもと違うっていうか……」

「論理的ではない答えだね」

「いや、俺も同じ気持ちだぜ、明。昨日のお前は絶対に変だった。最初にあった頃みたいにいきなり出席番号で呼んだり、急に走るのが速くなったり」

邦人が茜さんをフォローする。

なぜ、二人はこんなにも僕のことを気にかけているんだろう。

多少会話をする仲に過ぎない。昨日のようなトラブルを起こしたのだから、僕とは距離を置こうとするのが当然じゃないのか。

「僕のことは気にしなくていい。今まで通り接してくれれば問題ないから」

「気にしなくていいって言っても、明君《あきら》の変な状態が続いたら気になるに決まってるでしょ。また前みたいなことになったらどうすんのよ」

茜《あかね》さんの目が微《かす》かに釣り上がった。

前みたいなこと、か。

茜さんや邦人《くにひと》に関する記憶は、拡張された電子頭脳によってある程度把握している。だから茜さんの言いたいことも理解できた。

だから僕は軽く笑って頷《うなず》く。

「大丈夫だよ、以前みたいに空腹で倒れたりはしないって」

「それならいいんだけど」

茜さんは微かに不安なそうな面持ちを見せたが、他のクラスメイトに呼ばれるとそちらの会話に加わった。

どうやら適切な回答ができたようだ。

僕は安堵《あんど》しながら自席に座ると、朝のホームルームが始まるまでの間に、もう一度、記憶を振り返ることにした。

茜さんが口にした、前みたいなこと、について。

※

その頃の僕は苛立《いらだ》っていた。

母さんが僕に残した研究が何なのか知りたくてたまらないのに、どれだけ時間をかけても何も得られない。高校生になれば手がかりくらいは掴《つか》めると思っていたのに、実際には雲を掴んだみたいに何も手に入らない。

もしかしたら一生を掛けたって、母さんが僕に託そうとしたものを見つけられないんじゃないか。

そんな不安が、常に頭を過《よぎ》る。

周囲は、まだ若いんだから焦《あせ》る必要はないと言って僕を慰める。

だけど、母さんの実績を知れば知るほどに、僕なんかでは手が届かないほど先にいる人なんだと理解してしまう。凡人の僕が母さんに追いつくためには、時間をかけるしかないんだ。どれほどの時がかかるのか、分からないけど。

だから、一秒だって無駄にはできない。

僕の年齢が、もう止まってしまった母さんの年齢に近づくほどに、焦りは募っていく。

わき目も振らずに、研究に没頭する日々だった。

本当なら高校に通う時間も惜しいのだが、母さんがいなくなった後の僕を引き取ってくれた養父の高峰庄一《たかみねしょういち》さんの勧めを断り切れなかったため、仕方なく登校していた。

しかし、ある時、庄一おじさんが海外で開催されるシンポジウムへの出席のため、一週間ほど日本を留守にすることになった。

これで僕の生活を監視する人はいなくなった。

研究を少しでも前に進める絶好の機会だ。

庄一《しょういち》おじさんを乗せた自動運転車が去っていくのを見送ると、僕はラボに閉じこもった。

朝から晩まで、寝る間も惜しんで研究にのめり込んだ。

ラボは青白いＬＥＤ照明が唯一の光源の、まるで深海のような薄暗い空間だ。その中で四六時中過ごしていると、時間の感覚はすぐに無くなった。

時折、玄関のチャイムが鳴ることもあったけど、どうせ何かの勧誘だろうから全部無視した。

そうやってずっと一人の時間を過ごしていたせいで、ようやく自分の身体《からだ》が重いと自覚した時には、まともに歩くことも出来なくなっていた。

おかしいな、まるで本当に海の底にいるみたいだ。

朦朧《もうろう》とした意識で他人事《ひとごと》のように考える。

こうなった原因はなんだろう。

そういえば、最後に食事をしたのはいつだっけ。ラボに閉じこもる前に、朝食でシリアルと牛乳を食べたのは覚えている。

えっと、じゃあ、それから……。

うん、スポーツドリンクぐらいしか口にしてないな。

夢中になって食事をするのも忘れていたみたいだ。最後の食事から何日経《た》っているんだろう。

流石《さすが》に、お腹《なか》に入れよう。部屋に戻れば、レトルト食品くらいあったはずだ。何日ぶりかのふらふらと揺れる身体を何とか操縦して、倒れるようにラボの外に出る。

陽光が目に染みて涙が出た。

しかし、定期的に食事をしないとこんなにもパフォーマンスが落ちるなんて、人間の身体はなんて燃費が悪いんだ。植物みたいに光合成できる身体に進化していれば、余計な時間を取られることもなかったのに。

壁に手をつきながら、二足歩行を覚えたばかりの子供のようにおぼつかない足取りで自分の部屋まで向かう。

目的地がゆっくりと近づく。だけど身体の重みはどんどん増していく。

あ、これはもうだめだな。

他人事のような感想が思い浮かぶ。

その瞬間、身体を支えていた気力がプツンと切れて、廊下のカーペットに倒れ込んだ。

指一本も動かせる気がしなかった。

僕はこのまま、ここでミイラみたいに干からびて死ぬんだろうか。

「ち、ちょっと、何やってんの、水溜《みずたまり》君！」

薄れゆく意識の中で、聞き覚えのある女性の声がした。同時に、僕に近づいてくる足元が見えた。顔を見たくても、僕の頬《ほお》は廊下の床にピッタリと張り付いたままで、頭を動かせるほど力は残っていない。

どうやらこのまま死ぬことはなさそうだ。

最後の力を振り絞ってその人に言う。

「……お腹《なか》が、空《す》いた……」

「え？」

そうして僕は意識を失った。

それからしばらくして、嗅覚がくすぐられる感覚で目を覚ました。

「あ、起きた？」

僕の顔を覗《のぞ》き込《こ》む、赤髪のポニーテールの少女。この子のことは知っている。同じクラスの……。

「……出席番号十五番」

「茜《あかね》だってば、いい加減覚えなさいよ」

キッと睨《にら》まれる。

「どうして、ここにいるの？」

僕の疑問に、十五番こと茜さんは紙の束を突き出した。

「これ、水溜《みずたまり》君が休んでいた間に配られたプリントを届けに来たの。そしたら廊下で倒れてたからびっくりしたわよ。まあ、本当にお腹が空いているだけみたいだったから、安心したけど」

周りを見回すと、僕は自分の部屋で布団に寝かされていることに気づいた。

「悪いけど、勝手に上がらせてもらったからね。あのまま廊下で寝かせるわけにはいかなかったし」

「そうか、君一人でよく僕を部屋まで運べたね、見かけによらず力持ちなんだな」

「水溜君の身体《からだ》が軽いだけだから！」

なぜか茜さんはぐわーっと怒り出した。

素直に褒めたつもりだったのに。

茜さんは、はあとため息を吐《つ》く。

「まったく、私でも担げたくらいなんだから、かなり体重が落ちてるはずよ。一体いつからご飯食べてないの？」

「さあ、覚えてない。ずっと研究に夢中だったから」

「そりゃ結構なことだけど、空腹で倒れて時間を無駄にしたら本末転倒でしょ。ほら、これ、作ってあげたから、さっさと食べちゃって」

そう言いながら差し出したのは、さっきから僕の鼻腔《びこう》をくすぐる原因だった。

仄《ほの》かな湯気の立つ、おかゆの入ったお茶碗《ちゃわん》だ。

「キッチンの戸棚にあったレトルトご飯をレンチンして、それにお湯を注いで軽く塩を振っただけだから。味にはあまり期待しないでね」

説明を聞いただけでは確かに食欲はそそられない。

それなのに、この質素な匂いを嗅いでるだけで、僕のお腹《なか》の虫はぎゅるぎゅると催促を始める。

お茶碗《ちゃわん》に刺さったスプーンを手に取った。だけど指に力が入らず、少し持ち上げたところで落としてしまった。

スプーンの先端が再びおかゆに沈む。

「あ、あれ？」

「スプーンも持てないくらい弱ってるの？ 仕方ないわね、貸しなさいよ」

そうして茜《あかね》さんが代わりにスプーンでおかゆを掬《すく》うと、一度自分の口元に寄せて「ふぅふぅ」と息を吹きかける。

「ほら、口開けて」

僕は従順なロボットになったかのように、言われた通り口を開いた。

口の中に、どろりとしたおかゆが流し込まれる。丁度いい温度になっていた。ほとんど咀嚼《そしゃく》せず、すぐに飲み込んだ。

じんわりと温かいものが喉の奥に流れていくのを感じる。

「どう？ 美味《おい》しい、わけないよね、あはは」

自信なさそうな様子で聞かれたので頷《うなず》いた。

「そうだね、塩味が強いかな。出汁《だし》やうま味調味料もなくて、食用塩しか使われてないから、ダイレクトに塩気を感じるね。栄養価もあまり期待できなさそうだ」

「……あんた、こういう時は気を遣って、美味しいくらい言いなさいよ」

美味しいわけないって、自分で認めてたじゃないか。

そう思ったものの、流石《さすが》に口にはしなかった。

ただこの一口がきっかけとなって、今までほとんど活動を停止していた消化器官が一斉に目を覚ます。もっと欲しいという要求を、空腹と言う形で僕に訴え始めた。

「味はともかくとして、今の僕にはこのおかゆが必要なのは事実だ」

「はいはい。分かりましたよ。ほら、もう一度口開けて」

何かを諦めたような表情になった茜さんが、再びスプーンを差し出す。

それから何度かおかゆを食べさせてもらった。

お茶碗と僕の口を往復するスプーン。そしてそれを動かす茜さん。

その姿が一瞬、本当に一瞬だけ母さんの姿と重なった。

おかしいな、全然似てないのに。

母さんに食事をさせてもらった大昔の記憶と今の状況に相似があったせいで、こんな錯覚を起こしたようだ。人間の脳というのは実に騙《だま》されやすく出来ているものだ。

「な、なに？　あんまりジロジロ見ないでよ。私だって恥ずかしいんだから」

茜さんは少し頰《ほお》を赤く染めてそっぽを向いた。それでもスプーンはちゃんと僕の口元まで運ばれる。

そうしているうちに、お茶碗は空になった。

美味《おい》しいとは言えない食事だったけど、起き上がれるくらいの体力は戻った。

「じゃ、今日はこれで大丈夫よね？　さっき棚を確認したけど、レトルト食品の残りがなかったから、体力が残ってるうちに買いだめしておいた方がいいかもね」

「うん、分かった」

「それと学校もちゃんと来なさいよ。あんたにとって研究が重要なのは分かるけど、無茶《むちゃ》して身体《からだ》を壊したら意味ないんだから。研究の息抜きだと思ってさ」

学校が息抜き？　そんなの考えたこともなかった。

分かり切った授業を聞き、退屈極まりないクラスメイトの低レベルな会話を聞き流さなくちゃいけない時間が息抜きになるんだろうか？

「まあ気が向いた時には」

その返事で一応納得したのか、茜《あかね》さんは微《かす》かに笑って玄関に向かった。

靴を履き終えると、僕を振り返る。

「それと私、これからも様子見に来るからね」

帰り際の予想外の言葉に、僕の思考はしばらくフリーズした。

「な、なんで？」

「だって、しんぱ……」

茜さんはそう言いかけた言葉を飲み込んで、ぷいっと僕に背を向けてしまう。

「じゃなくて、気になるから。また研究に熱中して、何も食べなくなるかもしれないでしよ。私が放っておいたせいで、明《あきら》君が自宅で餓死してましたーなんてことになったら、寝覚めが悪いじゃない」

そのまま僕の返答を待たずに、帰ってしまった。

僕の周囲は再び静かになり、その時になってようやく、彼女にお礼を言えていないことに気づいた。

まあ、また来た時に言えばいいか。

それから茜《あかね》さんは宣言通り、僕の家に押しかけてくるようになった。

最初は彼女のバイト先のファミレスから料理をデリバリーしてくるだけだったけど、やがては自分で食材を持ち込んで、僕の部屋のキッチンで料理をするようになった。

「いつもファミレスの食事っていうのも栄養が偏っちゃうかなって思ったから」というのはニンジンの皮を剥《む》きながら口にした彼女の言葉だ。

朝からラボに閉じこもっていると、夕方くらいに茜さんがやってくるので、一緒に部屋に入り、そこで僕は料理が出来上がるのを大人しく待つ。

そんなルーティンがいつの間にか出来上がっていた。

茜さんがバイトで来られないときは、出席番号三番こと邦人《くにひと》が代わりにファミレスのデリバリーをした。彼も茜さんと同じファミレスでバイトしているらしい。

毎日、二人のうちのどちらかが、必ず僕のところに顔を出した。

このまま学校に行かない日々が続けば、これからも二人は僕の様子を見るためにやってくるだろう。

流石《さすが》にそれは御免だった。

ある日、ついに僕は茜さんに負けを認めた。

「……分かった、明日《あした》からちゃんと学校に通うよ。だから、僕の家に押しかけるのはもうやめてくれ」

※

何事もなく、その日の午前中が過ぎた。

四時限目の終わりを告げるチャイムが鳴って昼休みの時間に入ると、教室の空気が一気に緩くなった。

等間隔で並んでいた椅子や机がクラスメイト達《たち》によってガタガタと動かされ、あちこちにグループごとの島が作られる。その様子はパンゲアが分裂して、いくつもの大陸に分かれていくようだった。

「よ、今のところは変わりなさそうだな」

コンビニの総菜パンを抱えた邦人が、僕の前にやってくる。

「だから今朝から大丈夫だって言ってただろ？」

「そうだったな、疑って悪かったよ。さて、今日はどうする？　屋上にいくのはやめておくか?」

僕たちは、お昼を食べるときはいつも屋上に出ている。

僕も邦人《くにひと》も騒がしい教室にいるのは苦手だからだ。

だけど今日の空模様は芳《かんば》しくない。

窓の外には灰色の曇天が広がっている。

「昼の降水確率七十パーセントだから、いつ降り出してもおかしくない。教室にしよう」

僕の提案に邦人は頷《うなず》き、抱えていたパンを僕の机の上にどさっと広げた。

「相変わらず邦人はよく食べるね」

「昼のうちにこれくらい食っておかないと、夕方のバイトまで持たねえんだよ」

早速コロッケパンの袋を破り、大口を開けて食らいつく。

「んで、お前の昼飯は?」

邦人に言われ、僕はカバンから栄養ゼリーを取り出す。

「え、それだけで足りんのか?」

「そんな炭水化物の塊ばかり食べている邦人には、少なく思えるだろうね」

僕は邦人の手にあるコロッケパンに見つめながら返答する。

「いやいや、健全な十代の男の昼飯にしては貧相すぎるって、一個やるからこれくらい食っておけって」

総菜パンの山から、焼きそばパンを押し付けられた。

親切心から分けてくれたことは理解してる。

だけど、今の僕は機械の身体《からだ》だ。

僕が食べたものは味すら分からないまま、何の栄養にもならずに体内の廃棄物処理ボックスに送られ、その日の夜に取り出してゴミ箱に捨てられるだけだ。

今の僕にとって、食事とは何の意味もない行為だ。精密機器の詰まった体内に異物を取り入れることは、僅かながら自重を増加させ、身体機能にも影響を及ぼしかねないから、むしろマイナスでしかない。ゼリー程度であればリスクは少ないのだが、固形物を口にする機会はできるだけ減らしたい。

差し出された焼きそばパンを邦人に返すべきか、それとも無意味だと知っていながら食べるべきか。

逡巡《しゅんじゅん》している間に、僕らの傍《そば》に茜《あかね》さんがやってきた。僕の主食であるゼリーのパウチを手に取って、呆《あき》れた顔をする。

「こんな調子じゃ、どうせ夕ご飯もまともに食べてないでしょ。しっかりご飯食べて栄養取らないと、背だって伸びないままだけどいいの？」

「栄養なら問題ないよ。こうやってちゃんとサプリメントを用意してあるんだ。ほら、マルチビタミン、カルシウム、グルコサミン、乳酸菌」

こんなこともあろうかと、用意していたサプリメントの瓶を机の上に並べていく。

これらも今の僕にとって無意味なものだが、僕の食事を気遣う茜さんからの過干渉を防ぐには丁度良い目くらましになるはずだ。

今朝、水溜明《みずたまりあきら》と僕が相談した上で思いついた、完璧な作戦だった。

そう思っていたのに、なぜか茜《あかね》さんは額に手のひらを当てて、「あちゃー」と声を上げた。

「これはダメだわ」

「だな」

邦人《くにひと》も同意して頷《うなず》いている。

「一体何がダメなんだ？　この食事形態なら研究と同時進行で摂取できるし、一日に必要な栄養素もしっかり確保できるようになっているんだけど？」

「はあ。食事って、単に栄養を取ればいいってわけじゃないでしょ。美味《おい》しい物を食べた満足感だとか、ほっと安心する感じも大事っていうか。食事の時間はちょっとした休憩時間にもなるの、……とにかく、義務みたいに食事をするのは不健全！」

食事はカロリーなどの栄養摂取のための行為じゃないってことなのか？

「うーん、茜さんはいつも難しいことを言うよね」

「私はいつだって、一般常識的なことしか言ってないけど」

「俺も茜の意見に賛成だ。二対一だぞ、明」

確かにこの場面では二人の方が多数派だ。茜さんの言うことが一般常識に近いということになってしまう。

「よし、決めた！」

突然、茜さんが手を叩《たた》いた。

「今日から、また明君の家で料理を作ってあげる」

「ええ、僕、ちゃんと学校に来てるんだけど」

茜さんが僕の家に押しかけてくることは、僕が通学するようになってからは無くなっていたのに。

「でも今の明君の食生活が不安だからね」

「だ、だから栄養はちゃんと取ってるって」

「サプリメントだけ飲んで、食事しましたって言い張るようじゃダメ」

取り付く島もなかった。

おかしいぞ。水溜明と二人で話し合った時は名案だと思っていたサプリメント作戦が、むしろ逆効果になっている。

「おお、そうしようぜ。俺もバイト上がったら帰りに寄るよ」

「いや、それは、ちょっと困るんだけど」

このまま二人が僕のマンションにやってきたら、もう一人の僕、水溜明と鉢合わせるかもしれない。

二人の水溜明を見られたら、今度こそ誤魔化《ごまか》しようがない。

「今の僕の部屋、散らかってて」

「だったらついでに掃除するから」

「せ、洗濯物も溜《た》まってて」

「なら洗わないとね。洗濯機はあったよね」

もう何を言ってもダメそうだ。

2

「あ、今日は豚バラブロックが安いみたい。これで角煮を作ったら美味《おい》しそう。あーでも明《あきら》君の家に圧力鍋ってなかったよね? じゃあ今回は無しかな」

茜《あかね》さんは手に取った豚肉の塊を、残念そうに商品棚に戻した。

放課後、僕らはスーパーで買い物をしていた。夕食前に総菜や食材を買う人々に紛れながら、先陣を切る茜さんの後をカートを押しながらついて行く。

結局、茜さんの来訪を断ることができなかった。

と言っても、水溜明《みずたまり》は基本的にラボに閉じこもっているから、僕の部屋で料理する茜さんとばったりと鉢合わせる可能性は低い。

それに水溜明は僕の視界をモニターしているはずだから、今日茜さんがやってくることを知っているに違いない。それならわざわざ外に出てくることはないし、茜さんが帰るまでうまくやり過ごせるだろう。

そう言うことで、帰路の道すがらスーパーに本日の夕飯の買い出しすることになる。

先程から茜さんは「これは安いけど形が悪い」とか「こっちは美味しそうだけどちょっと高め」などと言いながら食材を選別し、僕が運ぶカートの中に入れていく。

「それとも今日はお魚にしようか、さっき見た時カレイが安かったら煮付けがいいかも。どうせ明君、最近お魚なんて食べてないでしょ」

少なくとも今の僕の記憶にはない。

「カレイの煮付けが作れるなんて、茜さんはすごいね」

「まあね。ちなみに、前に明君に作ってあげてた頃よりも料理の腕前はかなり上昇してるから、期待しててよ」

笑いながら振り返った茜さんが、右腕でガッツポーズを作る。

「……もしかして僕の家に来る理由って、上がった料理の腕を見せつけたいだけ？」

「ぎく。あはは、実はそうだったりして」

ちょっと照れた様子。

「明君の家に行かなくなってからも、自分で勉強してたんだけど、せっかく料理のレパートリーが増えても、あんまり振舞う相手がいなくて退屈してたの」

「家族に作ってあげれば？」

「もちろん、家で作ることもあるけど、両親が相手だといつも美味しいとしか言ってくれないから、張り合いがなくて。まあ、私に気を遣ってくれるのは嬉《うれ》しいんだけどね」

「それじゃあ、バイト先では？」

「ファミレスでは出来合いのものをちょっと焼いたり温めたりするだけで、ちゃんと料理しているわけじゃないからね。作り方の手順がマニュアルできっちり決まってるから、勝手にアレンジするわけにはいかなくて」

茜《あかね》さんの横顔が少しだけ寂しそうに見える。

「その点、明君《あきら》の感想は正直だから参考になるの。どうやって明君に美味《おい》しいって言わせようかなぁって考えたり、味の好みに合わせて作りながら色々と調整するのが楽しくて、つい熱が入っちゃう」

そんな風に上機嫌な茜さんは珍しかった。

ふんふんと鼻歌を歌いながら、スーパーの食材を物色している。

「料理を作るのがそんなに好きなんて知らなかったよ」

「そうね、私だってこんなにハマるとは思わなかった。でも、動画でしか見たことのなかった料理を自分で作れるようになったり、思った通りの味が出来たり、段々夢中になってきちゃった」

「そういうものなんだ、僕には全然理解できないな」

機械の身体《からだ》になる前から、料理に対してあまり興味はなかった。栄養補給のための手段、それ以外の何物でもない。できるだけ手間暇をかけずに済ませ、一秒でも削減するための時間、それが僕にとっての食事や料理だ。

「……でも、明君にとっての発明も同じなんじゃないの？」

意外な返答に戸惑って、カートを押す手が止まる。

「どういうこと？」

「だって、明君も色々と研究して何か発明してるでしょ。それって、自分が作りたいものをあれこれ考えて、想像したものを作ってるってことじゃない？　そういう意味では、料理と発明って似てるって思っていたんだけど」

「……そんな風に考えたことなかった」

「私は料理をするようになって、明君が発明に夢中になる理由がちょっとだけ分かったつもりだったんだけど」

当てが外れたようで、少し寂しそうな顔をしている。

「完成形を想像し、試行錯誤を繰り返し、形にしていく。工程っていう意味では、確かに料理と発明は近い部分があるとは思うけど……。でも、僕にとっての発明と、茜さんにとっての料理は全然違うよ」

僕がそう返答すると、茜さんは困ったように笑った。

「そ、そうだよね。ソルトを発明した明君と、ただの料理しかしていない私を比べたら失礼だよね。あはは、ごめんごめん」

そうやって話を打ち切ろうとしたので、僕は慌てて引き止める。

「違う、そういう意味じゃなくて……。僕が研究や発明をしている時、茜さんにみたいに楽しそうな表情はできないってことで……」

「え？　明君《あきら》、発明が楽しくないの？」

茜《あかね》さんが目を丸くする。

僕は記憶を探る。

やっぱり見つからない。研究や開発を楽しいと感じた記憶は、どこにも残っていない。

「……僕にとって、ただの義務みたいなものなんだ。誰かを喜ばせたいとか、自分が満足できるものを作りたいとか、そういう気持ちもなくて……」

僕がやっていることは、母さんの残した膨大なデータから未完成の研究を見つけ出し、それを実現するだけ。敷かれたレールをなぞっているに過ぎない。

ソルトなんかはまさにそうだ。世界を変えたと言われるほどの大発明は、母さんの遺産を利用している。

僕だって、母さんには頼らず、一から考えて何かを作ろうとしたこともある。

でも成功した例《ためし》がない。

自分のオリジナルの発明だと思っていたものが、母さんの研究データに残されていたこともある。僕の発明品よりもよっぽど洗練された設計図を、母さんはとっくの昔に考え出していた。それを知った時の虚無感は、脳裏に深く刻み込まれている。

「うまく言えないけど、……茜さんの料理に対する純粋な気持ちみたいなものを、僕は発明に持っていない。……だから、楽しいとは、胸を張って言えない」

水溜明《みずたまり》にとっての発明。

それはもしかすると、呪いと言う単語が一番適切なのかもしれない。偉大な科学者で僕の母親、水溜稲葉《いなば》にかけられた、決して解けない呪い。

あまりにも非科学的かつ前時代的な言葉だが、それこそが核心をついているようにも思える。

茜さんは僕を見つめながら、少しの間黙っていた。

沈黙は気まずかった。

立ち止まったままの僕らの周囲を、買い物客が流れていく。時々、周りから好奇の視線が向けられるのを感じる。

「本当にそうかな？」

ようやく開いた茜さんの唇から零《こぼ》れたのは、そんな疑問だった。

「え？」

「あれだけ色々な発明品を作ったり、勝手にソルトを改造したりして騒動を起こしてるくせに、その全部が楽しくなかったとは私には思えないんだけど」

茜さんの視線は、まるで僕の心も見通しているのではないかと思うほどに、透き通っていた。

「本当に楽しくなかったとしたら、発明を続けられないんじゃない？　たぶん」

茜さんは、さらりと言い放つ。

その言葉を否定するだけの材料を、今の僕は持っていない。

僕は、発明を楽しめていたんだろうか。

どれだけ記憶を探っても何も見つからない。

また重苦しい沈黙が降り注ぐかと思われたが、その前に茜《あかね》さんがパンと手叩《たた》きをした。

「さ、これで辛気臭い話は終わり。せっかく美味《おい》しい料理の準備をしてるんだから、もっと明るく行こう。明君《あきら》、ちゃんとついてきてね」

足早に鮮魚コーナーへと向かう茜さんの背中を、僕はカートを押しながら慌てて追いかける。

「ま、待ってよ、茜さん!」

左右に揺れる茜さんの赤色のポニーテールを見ながら、ふと思った。

ちょっと強引だけど、僕を気遣ってくれたのかもしれない。

3

リビングにいる僕から、キッチンで料理する茜さんの背中がよく見えた。

カレイの切り身に切り込みを入れ、臭み消しのためのショウガを包丁でトントンと楽器を鳴らすように刻んでいく。すごく手際がよく、料理に慣れている人の手つきだと一目でわかる。

僕の記憶データにある以前の茜さんの調理風景と比較すると、その違いはより明確だ。

包丁さばきはより軽やかに丁寧になって、段取りも手早い。

しかも、カレイの煮付けの準備をしながら、副菜のほうれん草のお浸しを同時並行で作っていたりと、効率的な動きになっていた。

「確かに、前よりも格段に上手になってるね」

「でしょ？」

茜さんがこちらを振り返り、自慢げに胸を張った。

「今は全自動電子調理器だったり、料理サポート用のソルトもあったりするけど、結局こうして自分で手間暇かけて作った料理が一番美味しいんだから」

そう言いながらカレイを乗せたフライパンを火にかけ、そこに調味料を合わせていく。

「でも茜さん、今、一人分の煮付けとしては、しょうゆが小さじ二杯分くらい多めに入れてたよ。逆に砂糖はちょっと少ないかも」

「細かいわねー。いいのよ、こういうのは目分量で」

せっかくの僕のアドバイスを気にする様子もなく、茜さんはお玉に料理酒を入れると、フライパンの中にさらっと回しかける。

「それも小さじ一杯分くらい多いよ」

「うっさい、作ってもらってるんだから文句言わないの」

「でも、以前の茜さんは、ちゃんと調味料ごとに計って入れていたよ？」

料理に慣れたことで雑になってしまう部分もあるようだ。

「違うの、これはわざと計ってないわけ」

「わざと？」

「そう、確かにきっちり計って料理するのも悪いことじゃないけど、毎回そうしていたらいっつも同じ味になっちゃうでしょ？　でも目分量にすれば。同じ料理でも作るたびに少し味に違いが出る。そういうサプライズを楽しめるの」

「そういうもの？」

「そういうもの！」

そこまで言うならきっとそうなんだろう。これ以上口出しするのはやめておこう。怒られそうだ。

料理をしている時の茜《あかね》さんは本当に楽しそうだ。普段は怒っていることの多い顔も、今は穏やかに微笑《ほほえ》んでいる。

茜さんが料理を作りに来るとなった時はどうなることかと心配したけれど、何事もなく済みそうだ。

予想通り、僕らが家にきた時、水溜明《みずたまりあきら》の姿はなかった。今もラボに閉じこもったままだろう。

水溜明が昨日と同じように僕の視界をモニターしているならば、茜さんがいる間は自宅に戻ることはないはず。

その間に、茜さんには満足するまで料理を作ってもらい、安心して帰ってもらう。

これで何も問題はない。

楽しそうに作ってくれた茜さんの料理を、今の僕ではちゃんと味わってあげられないことが少しだけ心苦しかった。部屋に広がっているであろう、料理の香りすら理解できなかった。

本当ならちゃんと食べて、感想を述べるべきなのかもしれない。

機械の身体《からだ》であることを恨めしく思うなんて、自分でも意外だった。

「うん、いい感じ」

小皿で煮汁を味見した茜さんが小さく頷《うなず》く。

それから綺麗《きれい》に盛り付けられた料理がお盆に載って運ばれる。

「はい、茜さん特製のカレイの煮付け定食ね。ちゃんと味わいなさいよ」

ご飯一膳、味噌汁、メインのカレイに、副菜のほうれん草のお浸し。

「……美味《おい》しそうだね」

これから僕は心にもないことを、口にしなければならない。味も匂いも分からない身体の癖に、食べた料理の感想をさも本当のことのように語る。

茜さんが費消した調味料の種類と量はちゃんと記録してある。だからそれらを分析すれば、このような味になるだろうという想定は可能だ。

そうやって推測した味で、答えることはできる。

でもそれは、自分で感じた味じゃない。

『明君《あきら》の感想は正直だから参考になるの』

そう言ってくれた茜《あかね》さんに対して、大嘘《おおうそ》をつかなくちゃいけない。

「どうしたの？　やっぱり、あんまり食欲ない？」

箸を握ったまま停止した僕を、茜さんが不安そうに見ている。

僕は覚悟を決め、カレイの煮付けに手を伸ばそうとした。

その時、玄関の扉がガチャリと開く音がした。

「あれ？　邦人君《くにひと》かな、バイトが終わったらこっちに顔見せるって言ってたもんね。それにしてはかなり早いけど」

茜さんは立ち上がり、玄関へと出迎えに向かう。

その時、僕は一つの疑問が浮かんだ。

邦人が玄関の扉を開けた？

まさか、そんなことできるわけがないじゃないか。

「茜さん、ちょっと待って」

慌てて呼び止めたところで、もう遅かった。

「……は？」

部屋に入ってきた人物を目にして、茜さんの全身が凍り付く。いや、それどころか、この場の空間全部が固まってしまったようだ。

唯一動いているのは、彼。

突然やってきた、水溜明《みずたまり》だった。

「あれ？　茜さんじゃないか。久しぶりだね」

その体をフラフラと揺らしながら歩いてくる。

そして、くんくんと鼻をならし、部屋に充満している匂いを嗅ぎ取った。

「なんか、美味《おい》しそうな匂いがするね。もしかして料理を作りに来てくれたの？　ああ、助かるよ。二日ぶりにご飯を食べようと思って、丁度ラボから戻ってきたところなんだ」

ようやく水溜明の視線が、僕に向けられる。

「……あ」

僕は、どうして茜さんがいる時に戻ってきたんだ、と言いかけた。

でも同時にその答えに辿《たど》り着《つ》いてしまう。

確かに、昨日の水溜明は僕の行動を観察するために、視界をモニターしていた。しかし僕の身体《からだ》を作った本来の目的は、学校生活を僕が代行することでその間に研究を進めるためだった。

二日目の今日は、早々に僕の観察を切り上げて、研究に集中していた。そしてすっかり、僕の存在を忘れてしまったんだろう。

水溜明はそういう奴《やつ》だ。

ほかならぬ僕自身が知っている。

「あ、あはは。明君が、二人？」

ショックから立ち直った茜《あかね》さんが、前後に立っている僕と水溜明《みずたまりあきら》を交互に見比べる。

「あーあ、バレちゃったね」

悪びれた様子もなく、水溜明が頭を掻《か》いた。

「明君、これはどういうこと！」

茜さんの怒鳴り声が、二人の水溜明を貫いた。

4

「と、まあこういうことなんだ」

正座させられた水溜明が話し終えると、その隣で同じように正座をしていた僕も、仁王立ちする茜さんを見上げて頷《うなず》いた。

「一応説明も済んだし、もう正座を解いてもいいかな。足が痺《しび》れて仕方ないんだけど」

僕にとって正座は大して辛《つら》いものではないけど、肉体を持つ水溜明にとっては苦行のようで、さっきからずっとモゾモゾと小刻みに足を動かしていた。

「まだ待って、今、私の中で話を整理してるから」

茜さんは頭痛を堪《こら》えるように、こめかみを押さえている。

「この座り方、ずっと血流が圧迫されてかなり辛いんだよ。健康にも悪影響が出るかもしれない」

「僕は平気だけどね」

僕がそう言い返すと、水溜明は羨ましそうな顔をする。

「そりゃあ、君はロボットの身体《からだ》だからね。同じ僕なのにこの扱いの差は不公平じゃないのか？」

「二人とも黙ってて！　頭が混乱するから！」

悲鳴にも近い茜さんの声。

「えーっと、つまり明君は、自分の記憶をロボットに植え付けて、代わりに学校に通わせてたってことでいいのよね？　ったく、どんな発想してるのよ、あんたは」

水溜明の説明をようやく受け入れた茜さんは、頭を抱え込む。

「気が付かなかったでしょ？　スキャニングした僕の記憶を電子頭脳で動かすのも一苦労だったけど、見た目にもかなり拘《こだわ》っているんだよ。僕の外見をスキャンして出したデータをもとに、3Dプリンターで外骨格を作って、そこに人工皮膚を被《かぶ》せている。特に人工皮膚は、僕の細胞を培養して作り出したほぼ本物と同質で……」

解説を始める水溜明を、茜さんは手で制した。

「ストップ。それ以上あんたの御託を聞く気ないから。……はあ。何となく最近の明君の様子が変だとは思っていたけど、まさかロボットと入れ替わっていたなんて想像してなかったわ」

茜さんは僕の顔をまじまじと見る。

「でも本当にそっくり、本物の明君《あきら》みたい。見た目には全く違いがないわけ?」

僕の前に膝をついた茜《あかね》さんが手を伸ばし、僕の腕に触れた。触覚センサーを通じて、茜さんに握られている感触が伝わってくる。

僕の隣で、水溜《みずたまり》明が解説を再開した。

「僕との大きな違いは、彼の背中にはソルトと同じように給電用の接続口が隠れていることかな」

水溜明が僕の制服を捲《まく》りあげて、背中を露《あら》わにする。そして肩甲骨の間を軽く叩《たた》く。僕の目からは見えないが、給電用接続口を隠していた蓋が開いたはずだ。

「うわー、ほんとだ。ソルトにあるのと同じね」

なぜだろう、普段は隠されている背中の接続口が茜さんに見られていると思うと、なんだか落ち着かない。

「さて、茜さん、説明も終わったことだし、そろそろ夕飯を食べてもいいかな? 僕、お腹《なか》が空《す》き過ぎて、前みたいに倒れそうなんだけど」

僕の接続口を閉ざした水溜明はお腹をさすって懇願する。

「明君、夕飯の前に何か言うことがあるんじゃないの?」

茜さんのジト目が向けられた。

「えっと、いただきます?」

「そうじゃない! 少しは反省してるの?」

水溜明《みずたまりあきら》は理解できないといった顔を傾《かし》げる。

「反省ってなんのこと？　僕は僕の記憶をコピーしたロボットを作っただけで、誰にも迷惑はかけてないと思うんだけど」

「私との約束を破ったでしょ！　自分と同じロボットを通わせたって、明君が学校に行ったことにはならないの！」

両手を腰に当てた茜《あかね》さんが、正座する水溜明にガミガミと怒鳴る。

「その言い方は酷《ひど》いな。ロボットの僕だって、ちゃんと記憶と人格を受け継いだ水溜明なんだけど」

「あのねぇ、明君の記憶を受け継いだとしても、それは別に明君が二人に分裂したわけじゃないの。明君とよく似た別人が生まれたってだけのことでしょ」

「でも周囲が彼のことを水溜明だと認識して、そう思い込んだのであれば、それは水溜明と同一の存在として扱ってもいいんじゃないかな？　いわば彼はチューリングテストに合格したわけなんだからさ」

「なにそれ？」

水溜明に代わって、僕が解説をした。

「人工知能に人間のような知性があるかどうかを判定する古典的なテストのことだよ。人間の試験官に、相手が人間か人工知能か分からない状態で対話をさせて、どちらなのか判別させるんだ。そして試験官に人間だと誤認させることができた人工知能は、人間と同等の知性があると考えられている。このテストのように考えるのであれば、僕はこの二日間、水溜明として生活して、周囲もそれに気付かなかったから僕は水溜明と同一の存在だと言えるわけだ」

「あー、もう二人して喋《しゃべ》らないで！」

茜さんは両手で覆うようにして耳を塞いだ。

「ただでさえ面倒な明君なのにそれが二人に増えるなんて、私の苦労も二倍になるじゃない！　なんとかテストだか知らないけど、私は絶対に認めないからね！」

「うーん、相変わらず茜さんの言っていることは難しい」

「全く同意だ」

僕は水溜明と顔を見合わせて頷《うなず》きあった。

「とにかく！　私と約束したのは、この水溜明であって、機械の水溜明じゃないから！　肉体のある方の水溜明が学校に通わなかったら、約束を果たしたことにはならないの！」

水溜明は腕を組んで考え込んでいる。

「うーん。確かに、あの時点で約束をしたのは、この僕、ってことになるのかな？」

「そうでしょ？　いい加減、認めなさい」

「えっと、……ごめんなさい？」

理屈はともかく、怒り心頭の茜さんにこれ以上の言い逃れはできないと悟った水溜明は、ぺこりと頭を下げる。

「もぉ、本当に反省してるの？」

茜《あかね》さんは半信半疑だ。

「んで、謝ったからには、明日《あした》からちゃんと本物の明君《あきら》が学校に来るんでしょうね？」

その詰問に、水溜明《みずたまり》は首を横に振った。

「いや、実は、その、しばらくは今のまま続けたいんだけど……」

「なんで？　もう私は騙《だま》されないけど」

茜さんの顔が険しさを増す。

「そうじゃなくて、今、すごく研究が捗《はかど》っているんだ。彼を作ったお陰かな？　何かを掴《つか》めそうなところまで来ている。ずっと詰まっていたパズルのピースがようやく嵌《はま》り始めてきたところなんだ。だから、こんなところでまた学校に時間を取られたくないんだ」

「だ、だからって……」

「ロボットで茜さんを騙そうとしたことは謝るよ。でも、それだけ今の僕が研究に必死なんだってことは理解してほしい」

水溜明はさっきよりも深く頭を下げている。

その声に、ウソの波長は感じられなかった。確かに、水溜明の研究が進み始めているんだろう。

僕も、茜さんの方に向き直った。

「僕からもお願いするよ、茜さん。しばらくの間、僕が学校に通いたい」

「ち、ちょっと、止《や》めてよ、二人とも」

二人の水溜明に頭を下げられて、茜さんも困惑の色を隠せない。やがてがっくりと肩を落とす。

「あー、もう、分かった。ただし条件が一つ」

「なにかな？」

「明君の研究がひと段落するまで、これから毎日、私が夕飯を作りに来るからね。研究に夢中になり過ぎて、前みたいなことにならないよう、私が監視する。それでいいね」

水溜明と僕の視線が交わって、頷《うなず》き合う。

「分かった。ありがとう茜さん」

「茜さん、ありがとう」

「はいはい、どういたしまして」と呆《あき》れた顔で笑ってから、すぐに真顔になり「二人の明君からお礼を言われるのって、かなり不気味な絵面《えづら》ね」と呟《つぶや》く。

ひとまず話が落ち着いた頃、ぐぎゅるるるという凄《すさ》まじい異音が轟《とどろ》いた。音源の持ち主である水溜明がお腹《なか》を摩《さす》りながら茜さんを見上げる。

「ごめん、もう限界みたい。そろそろ夕飯を食べたいんだけど、いいかな？」

「はいはい。せっかくの料理が冷めちゃっても困るし、ありがたく食べなさいよ」

ようやくお許しが出たので、僕らは料理の前に座る。

「うん？」

箸を取ろうとした僕の手が、水溜明《みずたまりあきら》のそれとぶつかった。傍目《はため》では区別のつかない全く同じ見た目の右手が重なり、僕らは互いの顔を見つめ合う。

「何をしてるんだ？　君が食べる必要はないじゃないか？　まさかお腹《なか》が空《す》いているなんて言わないよね？」

水溜明が不思議そうな顔をして言う。

確かにその通りだ。どうして僕は食べようとしていたんだろう？

「え、ロボットの明君は何も食べなくていいの？」と茜《あかね》さん。

水溜明はこくりと頷《うなず》く。

「うん。さっき見せたように、ソルトと同じように外部から供給される電力によって動いている。だから食事の真似《まね》はできるけど、食べ物からエネルギーを摂取する機能はない」

「それじゃあ、味も？」

「味覚を感知するセンサーがないから、何も分からないね。食材や調味料から味をある程度推測することはできるけど、実際に味わっているわけじゃないよ」

「何を食べても何も感じないってこと？　どうして身体《からだ》にしたの？」

「そもそも食べ物からエネルギーを取り出すのは効率が悪いんだ。生物だからできる方法であって、機械の身体なら電力を供給した方がいい」

そうだ、僕に食事をする機能がない理由くらい知っている。

それなのに、僕はなぜ、茜さんのご飯を食べようとしたんだ。自分でも箸に手を伸ばしたことが理解できない。

きっと、水溜明がこの部屋にやってくる前まで、僕が代わりに食事をして茜さんに感想を言わなければならないと気負っていたせいだ。

もう僕の役割は終わっている。食事も感想も水溜明に任せればいい。

差し出した手をゆっくりと引っ込める。

「じゃあ、いただきます」

水溜明は僕の代わりに箸を取り、ようやく夕食に手を付けた。

余程空腹だったのだろう、まるで早回しした動画を見ているようなスピードで食べている。カレイの身はどんどん剥《は》がされ、ご飯の山もみるみる切り崩されていく。料理を完成させるまでにかけた時間に対して、食事の時間はあっという間だ。料理と食事は、どうにも釣り合わないことのように思える。

それなのに、水溜明の食事を眺めている茜さんの顔は、どこか嬉《うれ》しそうな表情をしている。どう考えてもかけた労力や時間に見合わないのに、どうしてそんなに喜べるんだろう。

「ど、どうかな？　明君？」

茜さんにそう声を掛けられて、水溜明の箸がようやく止まる。

「ん？　美味《おい》しいと思うよ。前に作りに来てくれた時と比べると、かなり薄味になったかな？　でも、僕はこれくらいの方が好みだ。現代の食事は塩分過多になりがちだから、薄味ぐらいでちょうどいいバランスだろうね」

また箸を伸ばし、骨からほぐしたカレイの身を口に放り込む。

「それと魚料理は小骨を取る時間が無駄だから嫌いだったんだけど、この煮付けならすぐに身がほぐれて食べやすく効率的なのもいい。食事の時間を必要最低限に抑えられる」

「そう。なら、よかった」

水溜明《みずたまりあきら》の感想に安堵《あんど》した茜《あかね》さんは、胸を撫《な》で下ろしている。

二人のやり取りを隣で聞いていた僕はふと考える。

それくらいの感想ならば、今の僕でも言えたんじゃないだろうか。

確かに今の僕には味が分からない。だとしても、投入した調味料の量から薄味なのは分かり切っているし、身のほぐれやすさだって箸を使えば分かる。

だから水溜明が戻ってこなくても、僕は同じ感想を口にしていたはずだ。

その時、茜さんはきっと今と同じ表情をしてくれる。

でも、それでいいんだろうか。

『明君の感想は正直だから参考になるの』

また、あの言葉が脳裏に蘇《よみがえ》る。

味が分からないまま推測で出した感想は、茜さんからすると『嘘《うそ》』に当たるんだろうか。

だとしたら、やっぱり喜ばれないのか？　いや、そもそも嘘だとバレなければ、それでもいいのか？

自分の中で奇妙な思考がぐるぐると渦を巻いている。出口を探し求めて迷路を彷徨《さまよ》い続けているような感覚。

「はい、じゃあこれ、あなたの分ね」

そんな風に迷子になっていた僕の目の前に、唐突に小皿が差し出される。小皿には、一切れのカレイの煮付けが乗っていた。

その時、僕を覆っていた思考の迷路が取り払われて、いきなり外に放り出される。だけど脱出に成功したというよりも、別の迷路に迷い込んでしまったような気分だ。

茜さんの意図がさっぱり分からなかった。

僕はつい受け取ってしまった小皿を、どうしたものかとしばらく見つめ続ける。

「ごめんね、もうその一切れしか残ってなかったの。それとお箸がないから、このフォークで食べて」

「……僕が食べることに何の意味があるの？　僕には食事をするための機能はないって、さっき説明したばかりだよね」

「その辺りの事情はよく分からないけど、買い物を手伝ってくれたのはあなたでしょ？　何もしてない明君が食べているのに、あなたが食べられないのは不公平だからね。ほら、味の感想を聞かせてよ」

茜さんはそう笑いかける。

「『水溜明』の感想が欲しいなら、もうそっちの僕が話したよ」

そう言って僕が指し示した水溜明《みずたまりあきら》はすでに夕食を食べ終えて、自身のノートパソコンで研究の続きに打ち込んでいた。

茜《あかね》さんは首を横に振って否定する。

「私は、『あなた』の感想が聞きたいの」

それはつまり、『水溜明』の感想ということじゃないのか？　ダメだ、分からない。相変わらず茜さんの言うことは難しい。

茜さんの真っ直《まっす》ぐな視線は、僕の手に注がれていた。僕がこのカレイの一切れを食べるのをずっと待っている。

僕らのことなんて眼中にない水溜明が、思考を垂れ流すようにブツブツと呟《つぶや》いているのが聞こえる。

「母さんはソルトの高性能バージョンを計画していたのか？　いや、それどころじゃない。ソルトとは比べ物にならないロボットだ。もしかして、最初から母さんの目的はその超高性能ロボットを作ることで、ソルトはその準備段階に過ぎなかった？」

「………」

どうしたものかと渡された小皿を見つめるうちに、存在しない僕の胃袋がくぅと鳴ったような気がした。

フォークをカレイの身に入れた途端、花が咲くようにふわりと解《ほど》けた。そのままフォークに載せて口に運び入れる。

数回咀嚼《そしやく》して、飲み込む。

そして、僕が何か言うのをじっと待っている茜さんに言葉を絞り出す。

「……美味《おい》しい」

そんなわけがない、僕には味覚を理解できる機能なんてないんだから。

それになんて稚拙な感想だろう。味を感知できないとしても、僕の中にある記憶を引っ張ってきて、もっと豊富な語彙や表現を用いることはできたはずだ。

だけど今の僕には、それ以上の言葉が出てこなかった。

気まずくて、まともに茜さんの顔が見られない。

「よかった！　ありがとね」

顔をあげると、茜さんが白い歯をニッと見せて笑っていた。

なぜか僕はその笑顔を直視できず、慌てて視線を逸《そ》らした。

第三章

1

「ここにいる明君《あきら》は、明君じゃなくてロボットなんだって」

「ち、ちょっと茜《あかね》さん！」

僕は慌てて隣の茜さんの口を塞ごうとしたが遅かった。彼女の口から飛び出した言葉はもう取り消せない。僕らの正面に立つ邦人《くにひと》の耳にしっかり届いてしまった。

「……はあ？」

当然ながら、邦人は何が何だか分からないという顔をしている。

僕ら三人は校舎の二階に続く階段の裏の空間に集まっていた。ここにはソルトの給電スペースがあるくらいで、通りがかる生徒はほとんどいない人気《ひとけ》のない場所だった。

今朝登校したばかりの僕と邦人を茜さんがここまで引っ張ってくると、突然僕の正体を暴露したのだ。

「待ってよ、邦人にバラすなんて聞いてないよ」

「でも事情を知っている人間がもう一人くらいいた方がいいでしょ。私ひとりであなたの面倒見切れないもの」

「面倒なんて見なくていいよ。僕は水溜《みずたまり》明なんだから。自分のことは自分でできる」

「でもあなたの身体《からだ》は機械でしょ。何が切っ掛けで正体がバレるか分からないんだから、私や邦人《くにひと》君でサポートしたほうがいいじゃない。またファミレスの時みたいなことが起きたら困るでしょ？」

「だ、だけど」

「おーい、お前ら、さっきから何の話をしてるんだ？」

茜《あかね》さんに言い返そうとする僕を制して、置いてけぼりの邦人が会話に割って入る。

「今話したじゃない、この明《あきら》君はロボットなの」

「……もしかして、ソルトと明の区別もつかなくなるほど疲れてんのか？　気づいてやれなくて悪かったな。次のバイトのシフト代わってやろうか？」

「あーもう、そうじゃなくて。ほら、ちょっと後ろ向いて！」

茜さんに腕を引っ張られた僕は抵抗する間もなく、その場で身体を百八十度回転させられた。そのままワイシャツの裾をぐいっと捲《まく》られ、背中を露《あら》わにされる。

「うお、茜ってばこんなところで大胆だな。俺、あっちに行ってようか？」

「バカ！　何勘違いしてんの！　あんたはこれを見なさい」

顔を真っ赤にした茜さんが、怒りをぶつけるように僕の肩甲骨の間をドンと叩《たた》く。スイッチを押された僕の身体は抗《あらが》えず、隠していた給電用の接続口をパカリと開いてしまう。

「お、おわあ！　こ、これって」

背後で邦人の驚いた声が聞こえる。

「そうよ、ソルトと同じ給電用の穴。そこの給電スペースでソルトが背中にケーブルを接続してるところを見たことあるでしょ？」

「そりゃあ何度かあるけど、……え、ってことは、マジでお前ってロボットなのか？」

僕は蓋を閉ざしてから振り返り、茜さんのせいで乱れた衣服を整える。

「まあ、ある意味ではね。正確に言うなら、僕は水溜明《みずたまり》の記憶と人格をちゃんと保持しているから、もう一人の水溜明というべきだね」

「……えっと、本当の明はどこに？」

「今、研究で忙しいんだってさ。ひと段落がつくまで、このロボットが明君の代わりに学校に通うことになったの」

「要は学校をサボりたいから、自分の人格を植え付けたロボットを替え玉にするわけか。相変わらず発想がぶっ飛んでやがる。天才の考えることはよく分からん」

「それは全く同意ね」

二人が同時にため息を吐《つ》く。

「オーケー、ようやくさっきの話が理解できたぜ。このロボットの正体を隠すために、俺たちで協力し合おうってことだな。それはナイス判断だった。俺たちでサポートしてやらないと、どこで正体バレてもおかしくないもんな」

「そうそう。そういうことよ」

僕には、二人して納得し合っているのがどうも解せない。

「なぜ邦人《くにひと》まで茜《あかね》さんと同じ結論に至ったのか、僕には全然理解できないんだけど。さっきも言った通り、僕は水溜明《みずたまりあきら》の記憶をちゃんと持っている。その記憶の通りに行動すれば、周囲も僕を疑うことはないはずだ」

そう言って胸を張る僕に、二人の哀れみの視線が注がれる。

「そもそもお前の中身が水溜明ってところがまず問題なんだよ。明らしい行動ってのは、嫌でも周りの注意を引くってことだからな」

「そうそう。何を起こすか分からない学校のトラブルメーカーとして有名だもん。先生や生徒から悪い意味で注目されているから、ボロが出たらすぐにバレちゃう。そこを私たちがフォローしてあげるんだから、あなたにとっても悪い話ではないでしょ？」

確かに、僕の目的は水溜明として以前と変わらない学校生活を送ることだ。

「それは、そうかもしれないけど」

否定しきれずにいると、茜さんがこれで話を終わらせるように手を叩《たた》く。

「はい、これで決まりね。それで、あなたのことは何て呼んだらいい？」

僕の顔を覗《のぞ》き込《こ》んで聞いてくるが、質問の意図が分からない。

「僕は水溜明だけど」

そう答えると、漫才のツッコミのように邦人の手がぺしりと僕の胸を叩く。

「いやいや、お前は明の記憶を植え付けられているロボットなんだろ？　周りに人がいる時は明って呼ぶけど、俺たちだけの時は違う呼び方にしないと、本物の明の方と混乱しちまう」

「そうよね。あなたから希望がないなら、ロボ明君ってことにしましょう。安直だけど分かりやすいからね」

「ま、それでいいか。そんじゃ、今日からよろしくな、ロボ明」

邦人の手が僕の肩を叩く。

痛くはないが、その勢いに押されてつんのめりそうだった。

「そういや、この前のハードル走はお前が走ってたってことでいいんだよな？」

「そうだけど」

「やっぱりな！」

邦人の顔がぱっと明るくなる。

「発明品もないのに、明があんな速いなんてぜってえおかしいと思ってたんだよ。なるほど、ロボットだったなら納得だ。いよーし、俄然《がぜん》やる気になってきた、今日の五時限目の体育でもう一度勝負しようぜ。本気で来いよ、ロボ明」

びしりと僕の鼻先に人差し指を突きつけて宣戦布告する。

そんな邦人に、慌てた様子の茜さんが突っかかる。

「ちょっと待って。ロボ明君のフォローするって決めたばかりじゃない！　周りから変に思われたらどうすんの、ってか、絶対に思われるでしょ！」

「いやぁ、でもこのまま負けっぱなしってのは、俺の気分が良くないからな。せっかく正体が分かったことだし、ここでリベンジしておきたいわけよ。勝負の後で実は明《あきら》が発明品を使ってたってことにすれば、周りも不自然に思わないから、大丈夫だって」

「本当にぃ？　はあ、結局私の面倒ごとが増えるんだから」

茜《あかね》さんが額に手を当てて、大きくため息を吐《つ》いている。

「なあロボ明。お前、ロケットパンチとかも出せんの？」

「その機能が必要なら、今度右腕を改造しておくけど」

「やめなさいって！」

2

これまでの話をまとめると、どうやら二人とも僕がもう一人の水溜《みずたまり》明だとちゃんと認識していないようだ。なぜか別人のように扱おうとしている。記憶や人格を完全に僕が引き継いでいることを証明しない限り、彼らの対応は変わらないだろう。だったら、ちゃんと水溜明らしく振舞わないと。

水溜明が学校で頻繁にやっていることと言えば、やはり発明や改造だ。退屈しのぎに機械を弄《いじ》っていることが多かった。

ということで、ソルトを改造しようと決めた。

問題はどのように改造するかだ。どうせなら何らかのコンセプトが欲しい。

関係代名詞について話す英語教師の授業を聞き流しながら、どうしようかと考えていると、急に教室の窓際の列がざわつき始めた。

なにやら窓の外を指差している。

「見てみて、あれ、猫ちゃんじゃない？」

「ほんとだ、可愛《かわい》いー。野良《のら》猫かな？」

「おーい、そこ、静かにしろ、授業中だぞ」

私語に対して、すかさず英語教師の注意が飛ぶ。しかし、集中の途切れた生徒たちの興味は、校庭に迷い込んできた猫に移ったまま戻らない。廊下側にいた生徒まで窓の前に集まってきて、見物を始めている。

「綺麗《きれい》な猫ね」

「昼時になると、メシの余りを貰《もら》いに来る猫がいるって聞いたことがあるけど、それがあの猫なのかもな」

「あはは、ソルトに追い回されてるみたい。がんばれ！」

その言葉に、僕の興味も窓の外に向いた。

校庭に入ってきた白い野良猫は、ソルトに追いかけられて逃げ惑っている。

学校に配備された清掃用ソルトには、校庭や校門前の清掃はもちろんのこと、不審者の侵入に備えた警備員としての役割もある。そのため、あのソルトは野良猫を侵入者と判断して、学校から追い出そうとしているのだろう。

ただ、対人間を想定した速度しか出せないので、全力疾走する野良猫《のら》には追い付けないようだ。

「あ、校舎の玄関に入るよ。昇降口あたりにいるんじゃない？」

ソルトに追い回された末、逃げ場所はここしかないと判断したのか、野良猫は校舎の玄関に入り込み、その姿は教室の窓から見えなくなった。

「お前ら、いい加減授業に戻ってこい」

そんな英語教師の注意も虚《むな》しく、そこで授業の終わりを告げるチャイムが鳴った。今からは昼休みだ。

いつもならば持って来たお弁当を広げ始める生徒たちも、今日に限っては教室の外へと出ていき、おそらく昇降口に向かった。

野良猫の逃走劇は他の教室からも目撃されていたようで、廊下には多くの生徒たちの姿があった。

「おい、明《あきら》。面白そうだから俺らも見に行こうぜ」

そう言う邦人《くにひと》に引っ張られ、僕も昇降口に向かう生徒たちの流れに乗った。僕らの前には、赤いポニーテールを左右に揺らす茜《あかね》さんの後ろ姿もある。

昇降口にはすでに見物人《い》の姿があり、その中心は野良猫とソルトだった。

野良猫はその俊敏性を活かして下駄箱《げたばこ》の上をぴょんぴょんと飛び回って、ソルトを翻弄《たたお》している。ソルトの方は持っていた箒《ほうき》を振りかざしながら、下駄箱から野良猫を叩き落そうとしているが、とても追い付けない。

ソルトの下半身は一輪のタイヤなので、下駄箱に登ることもジャンプすることもできず、このままでは一日かけても野良猫は捕まえられないだろう。

「流石《さすが》のソルトでも、野良猫相手には分が悪いみたいだな」

「しょうがないよ、相手は生き物だもん」

「あんなに必死な動きのソルト初めて見たかも。面白すぎ！」

観戦している生徒たちの言葉が、僕の聴覚を叩く。

僕はすぐに声の主を探したが、これだけ生徒が集まっていては誰の発言なのか分からない。

悔しかった。

そんなことはない、とさっきの声の主に抗議したかった。

ソルトみたいなロボットは生き物には勝てない、それは間違っている。

学校に配備された清掃用ソルトだから追いつけないだけだ。ソルトは人間の様々な仕事を代行できるスペックを持っているが、配備される場所や状況に応じて、プログラム上でいくつもの制限がかけられている。

安全性への配慮が必要な場所、例えば多くの子供が通う学校などでは、ソルトは自身の性能をフルに発揮できない。

こういった事情はソルトに関わる研究者や企業にとっては常識だが、公になっていることでもないので、一般人が知らないのも無理はない。

だけど、母さんが設計したソルトを、野良猫《のら》にも追いつけないポンコツ呼ばわりされたみたいで、ムシャクシャが収まらない。

よし、いいだろう。お前たちに、本気のソルトを見せてやる。

こんな感情を抱くなんて、やっぱり僕は水溜明《みずたまりあきら》なんだ。

心のどこかでそんな安堵《あんど》を覚えつつ、僕は野次馬《やじうま》たちに背を向ける。

「お、おい、明、どこ行くんだ？」

呼び止める邦人《くにひと》の声を無視して、僕は教室に戻って必要なものを手にする。水溜明がいつも学校に持参してきた一式を、僕もちゃんと持ってきていた。

それから、今朝、茜《あかね》さんたちと集まった、階段裏の空間へと急いだ。

予想通り、そこには授業中に校舎内の清掃活動を終えたソルトが、露《あら》わになった背中の給電口にケーブルを繋《つな》いで休んでいた。

「休憩中にごめんよ。今からちょっとだけ頑張ってくれないか」

そう呼びかけたところで、スリープモードのソルトはうんともすんとも言わない。

了承も否定もしないソルトの後頭部を掴《つか》み、持ってきた工具で外殻の一部を外した。ソルト内部の配線が剥《む》き出《だ》しになる。そのうちの一本のケーブルを引っ張り出し、僕のノートパソコンにコネクタを噛《か》ませて接続する。

画面には、現在のソルトを構成するプログラムコードが上から下に流れ出す。

僕にとってそこに書かれている言語は、英語の教科書よりも、あるいは日本語よりも親しみやすく、簡単に読み解けた。

軽やかに動く指でキーボードを叩《たた》き、プログラムを書き換えていく。このソルトを縛る呪縛を、一本ずつ断ち切ってやる。

「おーい、ロボ明？　何やってんだ？」

居なくなった僕を邦人が探しに来たようだ。

説明するよりも見せた方が早いだろう。

僕は何も答えずに、ソルトからあらゆる制約を外していく。

「よし、これで！」

ソルトを完全に目覚めさせる最後の鍵、エンターキーに指を叩きつける。

その瞬間、まるで閉ざした目が見開かれるように、ソルトの視覚センサーが光を得た。

壁の給電装置に繋がれたケーブルが外れ、ソルトの内部にくるくると巻き取られていく。

「昇降口に野良猫が迷い込んだみたいなんだ。外に追い出してくれ」

僕がそう指示を下すと、ソルトは一気に走り出す。

ソルトのタイヤはギュイイインとけたたましく唸《うな》りを上げて、リノリウムの床を駆け抜けていく。

床面にはソルトの軌跡を描くように、一本のわだちが刻まれていた。

廊下を横に走る稲妻のように貫くソルト。昇降口の前には、未《いま》だに野良猫を見守る野次《やじ》馬《うま》の生徒たちが群れを成しており、ソルトの行く道を阻んでいる。

「あ、あんな速度でぶつかったらヤべぇんじゃねぇか？　おい、逃げろ！」

邦人《くにひと》が叫んでいるけど、何も問題はない。

ソルトは人間に危害を加えられない。

それはソルトのプログラムにおける最大の制約で、絶対に排除できない因子だ。僕にさえ手出しはできない。

通常のソルトであれば、走行中に人間を捉えれば自動的にブレーキをかけただろう。だがあのソルトは僕によって様々な制約を外されて、今はほぼ百パーセントの力を発揮できる状態だ。

だから、生徒の壁を前にしてスピードを緩めるどころか、むしろ更に加速する。

「う、うわ、なんかこっち来てるぞ！」

近づくソルトに気づき、生徒たちが立ちすくんだ。

廊下を走っていたソルトは勢いに乗ったまま、壁際へと逸《そ》れたかと思うと、全身のバネを使って飛び上がった。そしてタイヤを壁に沿わせながら、そのまま生徒たちの真横を走り抜けていく。

「きゃあああ！」

「うわあああ！」

壁を走るソルトのすぐ隣で、生徒たちの悲鳴の嵐があがる。きっとのあの中に、さっきソルトをバカにした生徒がいるはずだ。いい気味だ。

ソルトの速度が重力に負けて地面に引き戻される頃には、すでに生徒の群れの横を通り過ぎていて、昇降口のすぐ目の前に着地を果たす。

昇降口では、下駄箱《げたばこ》の上から白い尻尾《しっぽ》を釣り糸のように垂らし、校庭の清掃担当のソルトをからかう野良猫《のら》の姿があった。そのソルトは左右に揺れる尻尾を追って、右往左往している。やがて野良猫を目掛けて箒《ほうき》を突き出すも、すぐに隣の下駄箱へと飛んで逃げられてしまう。完全に翻弄されていた。

僕が改造を施したソルトは、野良猫を捕捉すると土煙を上げて一気に駆け出した。

「猫ちゃん、危ないよ！　そこから逃げて！」

どこからか生徒の声が聞こえる。

「ふにゃ？」

野良猫は近付いてくるもう一体のソルトの存在に気づいた。だが、油断しているのだろう。ふてぶてしい態度のまま、下駄箱の上から見下ろしている。

しかし、リミッター解除されたソルトの機動性は凄《すさ》まじかった。

両者の距離をあっという間に詰めると、全身のバネを使ってジャンプする。下駄箱のおよそ二メートルの高さを飛び上がると、下駄箱の上、野良猫のすぐ隣に降り立った。

ドシャ、とのしかかるソルトの重量に耐えかねた下駄箱が悲鳴をあげる。

「ふしゃあああ！」

これまで余裕しゃくしゃくにソルトをからかっていた野良猫《のら》も、ついに威嚇して怒りを露《あら》わにする。

全身の毛を逆立てた野良猫に対し、ソルトは両腕を広げると、覆いかぶさるように捕えようとした。

「にゃあ！」

肉薄するソルトの両腕に怯《おび》えた野良猫は、慌てて下駄箱《げたばこ》から床に降りようとする。

しかしそれを見逃すほど、ソルトの知覚センサーは甘くない。ソルトは即座に上半身を動かすと、腕から通り抜けようとする野良猫の動きに追いついた。そしてその両手が、空中で野良猫の胴体をがっちりと掴《つか》む。

「よっし！」

この場で唯一、ソルトの勝利を喜ぶ僕の声が響く。

が、勝利を確信するにはまだ早かった。

ガシャンと、ソルトを支えていた下駄箱の上部が崩れたのだ。重量オーバーなうえに、ソルトの無理な動きに耐え切れなかったのだろう。

まるで落とし穴にはまったように、ソルトのタイヤが下駄箱に埋まった。その結果、ソルトは全体のバランスを崩し、緩んだソルトの指から野良猫が抜け出して地面に降りる。

だが、連鎖反応は終わらない。

一度傾いたソルトはタイヤを下駄箱に食い込ませたまま、横に倒れようとしている。落下するソルトが下駄箱を上から引っ張るような形だ。

メキメキと音を立てて、ソルトと下駄箱が倒れ込む。

その真下には野良猫が突っ立っていた。突然の出来事で身体《からだ》が竦《すく》んでいる。それは周りの野次馬《やじうま》たちも同じだった。今まで野良猫とソルトの逃走劇を囃《はや》し立《た》てておきながら、この場面では誰も動こうとしない。

たった一人、赤いポニーテールの少女を除いては。

茜《あかね》さんは野次馬の群れから飛び出して、一目散に野良猫のもとに駆け寄ると、抱きかかえて助け出そうとした。

だが、遅かった。

そこから逃げ出すよりも、ソルトと下駄箱の重量が彼女を圧《お》し潰す方が早い。

「きゃあああああ！」

数秒後の惨劇を先読みした生徒たちの悲鳴が共鳴する。

恐怖で見開かれた茜さんの双眸《そうぼう》に、倒れる下駄箱が迫りくる。

そこから数秒間、僕にとってはスローモーションのようだった。もしかしたら比喩ではなく、本当にそう感じていたのかもしれない。

なにせ、今の僕はロボットの身体だ。電子頭脳が僕の思考を加速させ、数秒間を数十秒間に感じられるように引き延ばしていたとしても不思議はない。

とにかく、僕は走り出していた。

たぶん、短距離走の世界記録レベルの速度は出ていたと思う。今の身体《からだ》の限界を引き出していた。

その時の僕が何を考えていたのか、それは分からない。何も考えていなかっただろう。余計な思考に、電子頭脳の処理能力を回すほどの余裕がなかっただけだ。

僕は、茜《あかね》さんと倒れてくる下駄箱《げたばこ》の間に滑り込むように入ると、両腕を大きく突き出して受け止めた。

ずんっ、と重々しい感触が両腕に走る。両足と腰に力を入れ、全身で支えた。

うん、これくらいなら、今の僕の身体なら問題なさそうだ。

「あ、明《あきら》、君？」

背後で茜さんの声が聞こえる。今の僕は下駄箱と向き合っているので彼女の様子は分からないが、声を聞く限りでは怪我《けが》している感じはない。

「茜さん、ちょっとだけ動かないで待っててね。よっと」

僕は一度弾みをつけて、傾いた下駄箱とソルトを押し戻す。

下駄箱が元の位置に戻ると、ズシンと安定感を取り戻した音を響かせた。

「これで大丈夫だけど、いつまた倒れるか分からないから、ここから急いで離れることを推奨するよ」

ようやく振り返ると、しりもちをついた茜さんがこちらを見上げていた。

「あ、ありがとう。って、あはは、どうしよ、腰抜けちゃった。立てないかも」

「仕方ないな、ほら掴《つか》まって」

僕は茜さんに肩を貸すと、二人と一匹で校舎の中へと歩いていく。

「まったく、茜さんてば無茶《むちゃ》するんだから」

「……だって、放っておけなくて」

「見ず知らずの野良《のら》猫なのに？」

「気づいたら身体が動いてたんだから仕方ないでしょ！」

ふしゃーと、まるで猫みたいに怒った。

「実に不合理な理由だね」

「でも、あなただって私のこと助けてくれたじゃない」

「…………ああ、言われてみれば確かに」

今になって気づいた。

僕が茜さんを助ける合理的な理由はなかった。

それなのにあの瞬間、僕の身体は、まるで事前にプログラムされていた行動のように動き出していた。

水溜明《みずたまり》なら、どうしただろう？

ああいった場面で誰かを助けるために身体が動いただろうか。

分からない。

でも少なくとも、水溜明らしいか、らしくないかを考えたうえで、行動したわけではないと思う。

「お、おい、お前ら、ケガしてないか？」

青ざめたを通り越して真っ白な顔の邦人《くにひと》がやってくる。

「うん、大丈夫だよ、邦人」

「ったく、お前らが飛び出していったときは、マジで寿命十年は縮んだぜ」

その顔を見ると、あながち冗談ではなさそうだ。

「水溜《みずたまり》い、今度は何をしでかしたんだ！」

今更駆け付けた教師陣の叫び声が、昇降口の端から端まで轟《とどろ》いた。

3

「今日は散々な一日だったなあ」

夕暮れ時の通学路を歩きながら、僕は今日の総括をぼやいた。

「どう考えても散々だったのは私の方でしょ。危うく大けがするところだったんだけど」

前を歩く茜《あかね》さんがクルリと振り返ると、不満で頬《ほお》を膨らませる。

「でもね。茜さんも、あの無駄なお説教を放課後から二時間も延々と受けてみれば、僕の気持ちが分かると思うよ」

「私は、そもそもお説教されるようなことはしないから」

昼休み中のソルト大暴走事件について、僕は放課後に学校側から指導を食らう羽目になった。進路指導室とは名ばかりの狭苦しい説教部屋で、名前も知らない担任と学年主任に取り囲まれ、あーだこーだと言われ続けてうんざりだ。

ようやく解放された時には、夕焼け空に紺色が差していた。

自宅までの道を歩く僕らの二つの影は、濃くなってきた夕闇に呑《の》まれて今にも見えなくなりそうだった。

「大体、お説教がこんなに長引いたのは、ロボ明《あきら》君が素直に謝らなかったせいでしょ？」

「そんなことない。僕はすぐに謝罪の意思を示したよ」

「本当に？」

西さんが疑いの眼《め》で僕を見ている。

「そうだよ、お説教なんて無駄な時間はさっさと終わらせたかったからね。だから進路指導室に入ってすぐに、『ソルトと下駄箱《げたばこ》を弁償するくらいわけないので、早く振込先を教えてください』って言ってこちらから歩み寄ったんだ。そしたら、更に怒り出しちゃって」

「……それは謝罪じゃなくて、煽《あお》りでしょ。怒られるのも当然ね」

呆《あき》れたような物言いだが、その口元は少し緩んでいて笑っているようだった。そのまま僕にぷいと背を向けて、再び歩き出す。

「あーあ。こんなことなら、ロボ明君を庇《かば》うんじゃなかった」

永遠に続くかと思えた僕へのお説教がなんとか終わったのも、進路指導室に茜さんがやってきて、助け舟を出してくれたおかげだ。もし茜《あかね》さんがいなかったら、あと一時間は続いていただろう。その点については、茜さんに感謝しなくてはならない。

「その、進路指導室に、来てくれてありがとう。お陰で助かった」

「ん？　それはほら、私も危ないところを助けてもらったわけだし、そのお礼」

「でも、元はと言えば僕がソルトを改造したせいだよ」

「それはそれとして、ちゃんとお礼しないと落ち着かないから」

「茜さんの理屈はよく分からないな」

「あはは、だよね、私も自分で言っててよく分からない」

あっけらかんと笑う。

自分の思考と言動に不一致があったら、もっと戸惑うものじゃないのか。茜さんの思考は独特だ。

「それにしてもロボ明《あきら》君、なんでソルトを改造なんてしたの？　あの野良《のら》猫がそんなに嫌いだった？」

「そういうわけじゃない。ただ、水溜《みずたまり》明としてやるべきことをやっただけだ」

「猫を捕まえることが、やるべきこと？」

「違う、ソルトを改造することだ」

「そりゃまあ、あいつはよくソルトを改造してるけど……」

「……野良猫を追いかけるソルトを見た生徒が、ソルトをバカにするようなこと言っていたんだ。それが、母さんの研究をバカにされたみたいで許せなくて、本気のソルトの力を見せつけてやりたかった」

つい本心が漏れてしまった。誰にも言うつもりはなかったのに。

僕はどうして、茜さんの前だと本音を隠せないんだろう？　まるで茜さんには、自分の気持ちを理解してほしいみたいじゃないか。そんな子供じみた想《おも》いが僕の中にあるなんて。

「……そう。お母さんをバカにされたと感じたなら、確かに悔しいね」

僕のことを見つめる茜さんの瞳には同情の色があった。

「その気持ちは分かるけど、でもあのバカの真似《まね》はしなくていいの」

「真似、ってどういう意味？」

「だって、あなたは明君じゃないでしょ？　明君の記憶を引き継いでいるだけの別人。無理して明君のようになろうとしなくていいの」

茜さんの口振りは、まるで子供を諭すかのようだ。

僕が、水溜明じゃないだって？

思わず笑ってしまう。

「あはは、まだ茜さんは理解できてないんだね。僕は水溜明の脳の動きを電子頭脳上で完全にシミュレートしているんだ。だから僕は水溜明なんだよ」

「専門的なことは分からないけど、でもあなたと明君が同じとは思えないよ。だって、私は今、ロボ明君と話していて、あっちの明君は今頃ラボに閉じこもっているんだから、ほら、二人とも完全に別人でしょ」

僕はどう反論していいか分からず、口をつぐむ。

ここから先は科学ではなく、哲学の領域になる。僕が水溜明《みずたまりあきら》なのか否かは水掛け論で、結論など出しようがない。

だったら、ここは会話を打ち切るのが最も合理的だ。

「さて、今日もあいつのために夕飯を作ってやりますか」

僕と同じように不毛な議論になることを悟ったのか、それとも何も考えていないのか分からないけど、茜《あかね》さんが道の途中にあるスーパーマーケットを指差した。

僕らは夕飯の買い出しをしてから帰宅した。

茜さんが料理している間に、ラボにいた水溜明を部屋に呼び出す。

しばらくして、生きているのか死んでいるのか分からない、幽霊のような存在感となった水溜明がやってくる。

「ふわぁ、茜さん、おはよう。ロボ明もお帰り」

大きなあくびをしながら、時制のズレた挨拶をする。

「とっくに夜ですけど？」

茜さんは鍋をお玉でかき混ぜつつ、ぴしゃりと言い放った。

「今日はカレーか、いいね。でも一人分にしてはずいぶんと量が多くない？」

鍋の中を覗《のぞ》き込《こ》んだ水溜明のゴーグルの表面が白く曇る。

「どうせお昼は何も食べてないだろうから、明日《あした》の昼ご飯用に余分に作っておいたの。タッパーに小分けして冷凍しておくから、お昼時に解凍して食べなさい。いくら研究に夢中になっていても、それくらいはできるでしょ？」

「……ああ、そうか、近頃お昼になると元気がなくなるのが不思議だったんだけど、お昼ご飯を食べていなかったせいだったのか。それに気づくなんて流石《さすが》茜さんだなあ」

まるでコロンブスの卵を発見したかのような顔で、ぽんと手を打った。

「あんたがなんでソルトを開発できたのか、本気で謎なんだけど」

茜さんは呆《あき》れ顔《がお》でそう言った。

二人のやり取りを傍《はた》から見ていた僕も同感だった。

それから炊飯器で炊いたご飯にカレーを盛り付け、夕飯の準備を整える。

「はい、これは明君の分。で、こっちはロボ明君のね。こんなに少なくて本当にいいの？」

水溜明の前に置かれた平皿には山盛りのご飯が乗せられ、その周囲をカレーの海が取り囲んでいる。一方、僕のカレーは小鉢に軽くよそっただけの量しかない。

「うん、僕の身体《からだ》に食事をする機能はないから、たくさん貰《もら》ったらもったいないよ。これくらいで十分だ」と僕は頷《うなず》く。

「これ、前に食べた時より美味《おい》しくなっている気がする。香辛料とか入れたの？」

「ちょっと明君！　いただきますぐらい言えないの？」

すでに食べ始めていた水溜明を茜さんが窘《たしな》めつつ、質問に返答する。

「別に大したことはしてないから。市販のルーに、少しシナモンやカルダモンのパウダーを振ったくらいかな」

「その一工夫だけでもずいぶん味が変わるんだね」

「前に明君《あきら》に作ってあげたのはただのレトルトカレーだから、あれよりも美味《おい》しくなってないと困るわよ。って、零《こぼ》してる！　もお、シミになっちゃうんだから気を付けてよ」

茜《あかね》さんが苦笑しながら、水溜明《みずたまり》の作業着の胸元に零れたカレールーを拭きとる。

困っている素振りをしつつも、世話を焼くのを楽しんでいるようにも見える。水溜明の方も、パーソナルスペースに茜さんが入り込むことに、何の抵抗もないようだ。

二人が出会った当初はこんな関係性ではなかった。特に、水溜明は他人と接することを嫌っていて、相手の名前さえまともに覚えることをしなかった。それが原因で茜さんを何度も怒らせていたのに。

僕は水溜明が茜さんを名前で呼ぶようになった経緯を思い返すため、記憶データを遡ることにした。

※

空腹で倒れた僕を見つけた茜さんが、夕飯を作りに来るようになったばかりの頃。

宣言通り毎日やってくる茜さんを僕は鬱陶しく思っていた。放っておいてほしいのに、どれだけ文句を言っても彼女は干渉してくることを諦めないからだ。

しかも、最初は夕飯を作るだけという約束だったのに、部屋の掃除までし始めるようになってしまった。

「こんな汚い部屋でご飯を食べたら、何を食べても美味しく感じられないでしょ」というのが彼女の主張だった。

そのせいで、部屋のあちこちに散らばっていた小物類は整理され、常に決まった場所に置かれるようになり、キッチンのシンクはいつもピカピカで、衣服からは毎日柔軟剤の香りがするようになった。

それが、とても落ち着かない。

僕には僕なりの生活への考え方があった。偉大な研究者の部屋は大抵散らかっているものだ。だからソルトにも僕の身の回りの世話はほとんどさせないようにしていた。それなのに、彼女が来てからはめちゃくちゃだ。

拒絶するよりも適当にあしらっていた方が時間のロスが少ないと学んでからは、決められた時間に来る彼女を部屋に招き入れて、料理を作ってもらい、とりあえずの感想を述べて、さっさと帰ってもらうことを心掛けた。

それがいつの間にか、僕の一日のルーティンワークになっていた。

「……今日は、珍しく遅いな」

いつもなら彼女が来ている時間だ。

わざわざラボから出て、部屋で待っていたのに、今日に限ってはチャイムの音がしなかった。

心配はしていない。むしろ静かでせいせいする。だがいつやってくるか分からない相手を待つというのも、それはそれで落ち着かなかった。

ノートパソコンを開き、研究を進めることにする。

思考のノイズを忘れるために、画面を流れる情報の海に僕はダイブする。

それから、どれだけの時間が経過したのか。

我に返ったのは、外から聞こえたピシャーンという雷の音のせいだった。

窓の外を見ると、大粒の雨が降っている。雨粒が窓ガラスを叩《たた》いている。豪雨だ。

「積乱雲だな」

家の中にいれば特に気にすることもない。

「そういえば、まだ来てないな」

ふと、彼女のことを思い出す。

天気が悪いからきっと今日は来ないのだろう。

そう安堵《あんど》した時、チャイムの音が鳴った。

「なんだ、結局来るのか」

ぼやきながら僕は玄関に向かい、部屋の扉を開く。

「え？」

そこに立っていた人物を見て、思わずぎょっとした。

溺れた直後の人が現れたのかと思うほど、頭の先からつま先までずぶ濡《ぬ》れだった。額に貼り付いた髪からポタポタと水滴を垂らし、はあはあと口からと荒い息を吐いている。

「ごめん、遅くなって。あ、タオルだけ貸してくれる？」

その声を聴いて、ようやく目の前の人物が水死体の幽霊ではなく茜《あかね》さんだと気づいた。

でもいつもの調子とは違う。少しだけ声が掠《かす》れている。

「そ、そんな恰好《かっこう》でどうしたの？」

「買い物の帰りに降られちゃって……、ダッシュで来たんだけどびっしょり濡れちゃった。新品のタオルが脱衣所の棚の一番上に入っているから、それを取ってきてもらってもいい？　こんなずぶ濡れのままじゃ、部屋に上がれないから」

もはや僕よりも僕の部屋の内情に詳しい彼女の指示に従って、取ってきた乾いたタオルを差し出した。

その時、触れた彼女の手は普段よりも体温が高い気がして、疑問を抱く。雨に濡れたならむしろ冷たくなっているはずでは。

「ありがとう。急いで夕飯作っちゃうから、あとちょっとだけ待ってて」

茜さんはタオルで全身をテキパキと拭き終えると、濡れた靴下を靴の中に詰めてから、素足で部屋に入る。

「雨宿りしてから来ればよかったんじゃないの？」

「そういうわけにもいかないでしょ。放課後に保健室で休んでたせいで、ただでさえ遅くなっていたんだから。そのうえ雨宿りなんてしたら、ここに来るのが夜になってたわよ」

「……………保健室って？」

茜《あかね》さんの顔が、しまったという表情になる。

「あー、実は今朝からちょっと疲れが取れなくて、午後から保健室で休ませてもらってたの。まあぐっすり寝たからもう元気だけど」

そう言うわりには、仄《ほの》かに頬《ほお》が赤く、荒れた呼吸もまだ戻っていないようだ。

「ふーん、そうなんだ」

何となく気になったが、本人が大丈夫と言い張るならそうなんだろう。

いつものようにキッチンに彼女を残し、僕はリビングでノートパソコンに向き合うことにした。

「へくち」

くしゃみが聞こえたので、視線を画面上の文字列から彼女の背中に移す。

髪を拭いたとはいっても、制服はまだ湿ったままだ。そんな状態で過ごしていたら、身《から》体《だ》を冷やすのも当然だろう。

茜さんはキッチンの上の戸棚から、アルミのボウルを取り出そうと背伸びをしている。

その身体が左右に揺れて危なっかしい。

さっさと帰ればいいのに。

そんな心の声は口にしなかった。

「あ、取れた」

戸棚の奥にあったボウルに指を引っかけた茜さんが、ほっとしたように呟《つぶや》く。

その時、茜さんの身体がぐらりと大きく傾くのが見えた。普段の茜さんだったらすぐにバランスを取り戻していたはずだ。

でも、今日は崩れた態勢を元に戻せず、そのまま床に倒れ込んだ。取り落としたボウルが床を跳ねて、彼女の悲鳴の代わりにけたたましい音を響かせる。

「どうしたの？　らしくないね？」

倒れた彼女の傍《そば》に歩み寄る。

「うっさい」とムキになってすぐに言い返してくるだろうという僕の予想は、大きく外れた。

茜さんは横たわったまま、荒っぽく息を吐くだけで何も言わなかった。

流石《さすが》に異常事態だった。

「……だ、大丈夫？」

僕はおそるおそる手を伸ばし、上気した顔に触れた。体温計なんて使わなくても分かるくらい熱かった。

「もしかして風邪なの？」

返答はない。ど、どうしたものだろう。

救急車を呼ぶことも考えたが、僕の部屋に救急隊員が入ってくるのは嫌だ。あれこれ事情を聞かれるかもしれないし、病院に付き添うように言われる可能性だってある。ソルトに自宅まで運ばせようとも思ったが、まだ雨が降っている中で帰らせるのも難しい。

少なくとも、命に別状があるようには見えない。仕方ないが、彼女自身で帰れるようになるまで休ませておこう。

大粒の雨は、まだ窓に強く打ち付けられていた。

……。

しばらくして、茜《あかね》さんが目を覚ました。

のろのろと上半身を起こすと、掛け布団が肩からズレ落ちる。

それに気づいた茜さんは、アーモンド形の瞳をパチクリと何度も瞬《まばた》きさせて、周囲を見回す。今自分がどこにいるのか把握できていないようだ。

「やっと起きた」

僕はノートパソコンを閉じて、いまだぼうっとしている茜さんを見る。

「……あれ、もしかして私、明《あきら》君の部屋で寝てた?」

「そう、夕食を作ろうとして倒れて、そのままぐっすりと。あれから一時間くらい経《た》ってるよ」

「ええ！　私、そんなに寝てた?」

まだ半開きだった茜さんの目が、ここにきてようやく驚きで見開かれた。

「それはもう、ぐーぐーと。体調が悪かったなら、無理に来なくてよかったのに」

茜さんは顔を俯《うつむ》けて、垂らした前髪で表情を覆い隠した。前髪の合間から、申し訳なさそうに伏せた目が覗《のぞ》いていた。

「う、迷惑かけてごめん。今すぐ帰るから！」

掛け布団を蹴り飛ばすようにして立ち上がった茜さん。そのまま玄関に向かおうとしたが、窓ガラスに映った自分の姿を見て、ピタッとその場に立ち止まる。

「……………うん？　これ、ジャージ？」

茜さんが着ているのは、体育の授業で着る学校指定ジャージだ。

「ああ、制服が濡《ぬ》れたまま、布団に寝かせるわけにはいかないからね。ジャージに着替えさせてもらったよ。君の制服は洗濯機で乾燥中だ。あと十分もすれば仕上がるはずだよ」

「……え、……ああ、うん…………ありがと？」

無表情のまま、茜さんは自分の姿を映した窓ガラスをじっと見つめていた。

「…………………！」

そして、沸騰《ふっとう》したやかんのような音を立てて茜さんの顔が真っ赤になり、頭から蒸気を爆発させた。

「あ、ああ、あんた！」

いつの間にか、僕は茜さんに胸倉を掴《つか》まれていた。今にも噛《か》みつかんばかりの勢いに圧倒される。何をそんなに怒っているんだ。

「き、きき、きき、着替えさせたの？　寝ている間に、私を！」

「さっきもそう言っただろ。それとも濡《ぬ》れたまま寝かせておけばよかったのか？」

「そうじゃないけど、その、あの、つまり、……見たわけ？」

あれだけすごい形相で僕を睨《にら》んでいた茜《あかね》さんが、ちらりと視線を逸《そ》らした。

「見たって、何を？」

「だ、だから！　私の、その……制服の、……下を」

最後の声は消え入りそうに小さかったが、何となく言いたいことは理解できた。

どうやら変な勘違いをされているらしい。

「いや、見てないよ」

「う、ウソ言わないで！　それなら、どうやって着替えさせたのよ！」

「全部、ソルトにやってもらった。僕には女子の制服の構造が分からなかったからね。ソルトは介護施設でヘルパーとしても採用されている。君を着替えさせるくらい、簡単にやってのけたよ」

「……じゃあソルトに着替えさせている間、あんたはどこにいたのよ？」

潤んだ瞳で僕を睨み続けている。

これでもまだ疑いが晴れないらしい。

「僕はこの部屋にいたけど、ずっとパソコンを弄《いじ》っていたよ。研究の時間が一秒でも惜しかったから、着替えている君のことを一度たりとも見てない。僕が不埒《ふらち》な真似《まね》をしたのか

どうしても気になるなら、そのソルトの記録映像データを見せてあげようか？　君が満足するまで調べればいい」

しばらくの間、僕らは見つめ合った。

茜《あかね》さんは、まるで僕の目の奥を覗《のぞ》けば真実が分かると確信しているかのように、数十秒間じーっと睨《にら》み続けていたが、やがて目を逸《そ》らした。僕の言葉が真実だと分かったのか、それとも明らかにするのを諦めたのか。僕にとってはどちらでも構わないけど。

「そ、それなら、そうと早く言いなさいよ！　ったく。ああ、もう、怒ったせいでお腹《なか》が空《す》いてきちゃったじゃない」

そう言って茜さんがお腹を摩《さす》る。

「明《あきら》君も夕ご飯まだなんでしょ？　簡単なものなら、作ってあげられるけど……。あれ、私、何か作っていたっけ？」

キッチンに向かった茜さんが、そこでコンロの上の鍋を見つけてしまった。

「あ、それは」

僕が止めるよりも早く、茜さんが鍋の蓋を開ける。ふわりと湯気が立ち上って、一瞬だけ茜さんの顔を白い煙が隠した。

「……おかゆ？」

「………」

「え、もしかして明君が作ってくれたの？」

「まあ。今日は料理する人がいなかったから、試しにね」

「空腹で倒れていた明君が料理なんて大進歩ね！　食べてもいい？」

「どうしてもって言うなら」

「素直に、食べてもいいって言えばいいじゃない」

呆《あき》れたようにそう言った茜さんを一旦布団に戻してから、僕はお椀《わん》に取り分けたおかゆを持っていった。

「溶き卵もかかっててすごく美味《おい》しそう！」

「……は、早く食べなよ」

自分が作ったものをジロジロと観察され、感想まで言われるのがこんなにも落ち着かないなんて……。

「うん、それじゃあいただきます」

スプーンで掬《すく》ったおかゆを茜さんが食べる。

次に口を開くのを、僕は固唾を飲んで見守っていた。

茜さんから味の感想を聞くまでは、どうしても自分で食べる気になれなかった。

しばらく咀嚼《そしゃく》し、飲み込んだ。

そして。

「あれ、思ったより甘いんだね」

「え？」

意外な感想だった。

「甘い？　そんなはずないよ。僕はちゃんとネットでレシピを調べて、その通りに作ったんだ。甘くなる材料なんて入ってないのに」

僕もおかゆを食べて確認する。

せいぜい卵やお米由来の仄《ほの》かな甘さだろうという僕の予想は完全に裏切られ、そこにあるのは確かな甘みだった。二口、三口と食べ進めるごとに、その甘さは無視できないものになっていく。

しかも噛《か》み潰《つぶ》した米は少し硬い。入れた水の量が少なかったのだろうか。米の芯が残っているような触感だ。

「おかしい、こんなはずじゃないのに」

「材料には何を使ったの？」

「何って、レシピ通りだよ。米、卵、水、塩、うま味調味料」

「まさかとは思うけど、塩とお砂糖を間違えたりしてないよね？」

「いや、そんなことは絶対、たぶん、……きっと、……」

思い返すほどに、自信がなくなってくる。

これまで僕一人がキッチンに立つことはほとんどなかった。特に最近は茜《あかね》さんが色々な調理器具や調味料を取りそろえたせいで、キッチンは僕の部屋の一部でありながら、完全に別の領域と化していた。使い慣れていないから、どんなミスをしていたとしても不思議ではないけど。

「……これだけ甘いってことは、やっぱり、取り違えたとしか考えられない。どんな工程だったとしても、出力された結果が全てだよ。これはおかゆとは呼べないよね」

「ふふ、塩と砂糖を間違えるなんて、そんなベタなこと明君《あきら》もするんだ」

「………ごめん、偉そうなことを言ったくせに、うまくできなかったみたいだ」

茜さんの顔がまともに見られず、自分の手の中にあるおかゆを見つめた。見た目だけなら料理サイトの写真と遜色ないが、その中身は味わった通りだ。味を知った後だと、この料理がとても粗末なものに見える。

僕が作る物はいつだってそうだ、一見するとちゃんと出来ているようで、使ってみるとすぐに不備が発覚する。

それは、これまでもずっと繰り返してきたことだ。

でもそれが、料理にまで現れるなんて。

「どうせ僕が作るのは、全部失敗作なんだ」

どんなに頑張っても、母さんのようにはなれない。

後を追っているつもりでも、微塵《みじん》も近づけていない。それどころか、どんどん突き放されている。

「そんなことない、すごく美味《おい》しいよ」

「別に、気を遣わなくても」

顔を上げた僕に、茜《あかね》さんがお椀《わん》を突き出した。

あまりにもまずくて食べられなかったのかと思ったけど、受け取ったお椀の中身は空っぽだった。汁も残さずに、完食している。

「ご馳走《ちそう》さまでした」

温かいおかゆを食べたせいか、少しだけ火照《ほて》った顔で茜さんは微笑《ほほえ》んだ。

「……どうも」

どう返事したらいいか分からず、僕は俯《うつむ》いた。

それから洗濯機の乾燥が終わり、乾いた制服に袖を通した茜さんはようやく玄関に向かった。

雨はもう上がっていて、雲のない夜空には星が輝き始めていた。

「今日は迷惑をかけてごめんね」

「……いや、別に、これくらい」

「それじゃあ、また来るからね。次はちゃんと体調を整えてから、きちんとした夕飯を作ってあげる」

またやってくる。その言葉は、意外なことに僕を不愉快な気分にさせなかった。

「うん、まあ、茜さんがそれでいいなら」

僕は聞き取れないくらいの小声で呟《つぶや》いたつもりだった。

だけど、耳聡《みみざと》い茜さんは目を丸くした。

「あれ、もしかして、今、初めて名前で呼んだ？　前は出席番号だったよね」

「名前の方が呼びやすいことに気づいただけだよ。前にも言った通り、単なる個体識別のための呼び名なんだから、番号でも名前でも僕にとってはどっちも変わらない」

また目を覗《のぞ》かれたら、今度は嘘《うそ》がバレてしまいそうなので、僕はそっぽを向きながら答えた。

「はいはい、そうですか。少しは前と印象変わったかなーって思ってたけど、やっぱり全然変わってないわ」

茜さんが呆《あき》れたように言い返し、去り際に軽く右手を上げる。

「じゃあ、今日はありがとう。今度は学校でね。明君《あきら》」

※

これを契機に、水溜《みずたまり》明は茜さんを名前で呼ぶようになった。些細《ささい》な変化だけど、水溜明にとってこれは大きな改革だったと思う。

身内や研究に関わる人以外の他人に興味を示さなかった水溜明が、茜さんというただの一般人をちゃんと認識するようになった。

懐かしい記憶だった。

そう、懐かしい。

これは、間違いなく僕の記憶だ。『水溜明《みずたまりあきら》』としての記憶。

だから、僕は水溜明なんだ。真似《まね》でも、別人なんかでもない。ちゃんと記憶と人格を兼ね備えた水溜明だ。

そんな確信を得た僕は、再び現在に焦点を結ぶ。

「ごちそうさま」

丁度、水溜明が夕食のカレーを食べ終えて手を合わせているところだった。

今まではこんな挨拶さえまともにしなかったが、これまでに茜《あかね》さんの小言が重なった結果、食事の前後の作法に従うようになった。

「はい、お粗末様。ロボ明君のも下げちゃうね」

茜さんは空になった皿を片付けていく。

「ああ、それと明君。小分けしたカレーのタッパーは冷凍室に入れてあるから、明日《あした》のお昼にはちゃんとレンジで温めて食べなさいよ」

「うん。そんなに何度も言わなくたって分かってるよ」

早速ノートパソコンを開いた水溜明が言い返す。

「本当に？　あんたの場合、研究に集中し過ぎて、冷凍したカレーをそのまま食べてそうなんだけど」

「なるほど、そういう食べ方もあるのか。解凍する時間が不要だから、その分効率的かもしれないな」

大真面目《まじめ》な顔でそう言った明に、茜さんが慌てる。

「じ、冗談だからね！　本当にやらないでよ！」

「……僕だって冗談だよ。冷凍したまま食べたらお腹《なか》を壊すじゃないか」

「はあ。あんたの言い方は冗談に聞こえないのよ。もう一人の自分を作っちゃうくらいなんだから」

そう言ってから洗い物を片付けるため、キッチンに戻ろうとする。

「まあでも、茜さんのカレーは美味《おい》しいから。冷凍のままでも案外食べれちゃうかもね」

さりげなく零《こぼ》した水溜明の言葉。

深い意味なんてないんだろうけど、茜さんはあからさまに動揺して、重ねた食器を落としそうになっている。

「ば、バカ、どんなに美味しくたって、そのまま食べていいわけないでしょ」

パソコン画面を見つめる水溜明にデコピンする。

「あ、いた！　酷《ひど》いよ、茜さん」

「うっさい。からかった罰よ」

怒っている口振りだが、その顔は嬉《うれ》しさを抑えきれていなかった。

そのまま逃げるようにキッチンに走って、洗い物を始める。その後ろ姿は嬉しそうで、心地よい鼻歌も聞こえてきた。

僕は、茜さんの横顔を見た。嬉しさを噛《か》みしめているような、そんな表情だった。

僕が同じように美味《おい》しいと褒めた時とは明らかに違う、感情の表出。

そうか、そうだったのか。

まるで電子頭脳が焼き切れたような、焦げた臭いを嗅いだ気がした。

自分を形作る根本的な何かが折れた音が聞こえる。

僕は今、ようやく理解してしまった。

僕は、水溜明《みずたまりあきら》ではない。別人だ。

茜《あかね》さんが水溜明に向ける視線と僕に向ける視線は違う。水溜明に向ける表情を、僕に見せたことがない。

茜さんの言った通りだ。僕は、水溜明の記憶を移植されただけの、ただのロボットだ。

これまで見てきたのは、僕の記憶なんかじゃない。僕の過去じゃない。

茜さんや邦人《くにひと》を出席番号で呼んだことも。茜さんに料理を作ってもらったことも。体調の悪かった茜さんを看病し、甘すぎるおかゆを作ったことも。

それらは、植え付けられた記憶に過ぎない。全部、他人の過去だった。他人の人生だった。懐かしいと思っていた全ての記憶が焼け落ちていく。自分の手から零《こぼ》れ落《お》ちていく。

いや、そういう感覚すらもおこがましいんだ。最初から僕にはなかったものだから。

視覚も聴覚も色あせていく。何もかもがゼロと一の集合体に還元される。これらはただのデータだ。

自分がロボットであるという事実に叩《たた》きのめされる。

人間であれば、この恐怖を色々な手段で表せただろう。滝のような汗を流したり、過呼吸になったり、あるいは食べたものを吐き戻したりして。

そのいずれも、僕にはできなかった。

僕は、水溜明が自分の代替品として作成し、『水溜明を演じろ』とプログラムされ、それを忠実に実行している、操り人形なんだ。

じゃあ、僕はどこにいる。僕を構成するものとはなんだ。僕が存在している理由とはなんだ。僕は何者なんだ。わからない。

ただ一つ確かなことは、僕が水溜明ではないということ。

それを理屈ではなく、感情で理解してしまった。

僕にそんなものがあるとすれば、だが。

第四章

1

「おい、水溜《みずたまり》。なぜ野球部のピッチングマシンを壊した？」

鬼の形相をしている担任に、僕は正確な情報を伝えることにした。

「壊してないですよ。最近調子が悪いって聞いたから、直すついでにちょっとばかりアップグレードしてあげたんです。甲子園ってとこに行くには、ハイレベルな練習が必要なんですよね？　それができるように改造しました」

「球速が常時三百キロのピッチングマシンなんて、プロにも打てるわけないだろ！　この前壊したソルトの代わりも納品されないうちに、また問題を起こすなんて。お前は反省というものを知らんのか！」

いつもの調子で一通り怒られた後、進路指導室から廊下に出る。

すぐ目の前に茜《あかね》さんが腕を組んで立っていた。僕へのお説教が終わるまで外で待ってくれていたらしい。

「また変な発明したんだって？　これで何回目？　あのバカの真似《まね》なんかしなくていいって何度も言ってるじゃない」

僕は小言を口にする彼女を無視して、足早に横を通り過ぎる。

「ちょっと待って！」

がしっと左腕を掴《つか》まれてしまった。

「なにかな？　茜さん」

「こっちに来なさいよ」

振《ふ》り解《ほど》こうと思えばできたけど、それだと余計に面倒なことになるかもしれない。仕方ないので茜さんの後ろについていく。

階段裏の、人気《ひとけ》のない場所まで来た。

「ロボ明君《あきら》。近頃、私のこと避けてるでしょ。放課後も先に帰っちゃうし、夕飯の買い出しにも付き合ってくれないし、明君の家でも全然顔を合わせてくれないし」

「そんなことないよ」

「ちゃんと目を見て話して」

力強い眼光で睨《にら》まれる。

「私、何か怒らせるようなことした？　それなら教えてよ」

「……茜さんは、何も悪くない」

「そう言われたって全然納得できないんだけど」

でも実際に、茜さんが悪いわけではない。

勝手に僕が避けているだけだ。

彼女を目の前にすると、僕が水溜明ではないという事実が、より鋭利な刃物となって胸に突き刺さるような気がする。

現実からは逃れられないことは分かっている。それでも、僕がロボットであるという現実を、少しでも遠ざけたかった。

黙っている僕を見かねて、茜《あかね》さんが再び口を開く。

「そうやって自分のことを全然話さないところ、ホント明《あきら》君そっくりね」

「それは当然だよ。僕は水溜《みずたまり》明の人格がインプットされたロボットなんだから」

自嘲するように口角が持ち上がる。

すると、何かに気づいたように茜さんの右の眉がぴくりと跳ねた。

「やっぱりロボ明君、ちょっと変わったね。前は自分のことをそんな風に言わなかったでしょ」

「そんな風にって？」

「……なんていうか、前は自分のことをもう一人の明君だって主張してたのに、今はロボットだって開き直っている。まるで卑下するみたい」

「あはは」

笑い声が抑えきれず、つい口から漏れてしまった。

同時に本音も。

「それが変なこと？　僕のことを水溜明じゃないって言い続けたのは茜さんでしょ。茜さんの言う通り、僕は水溜明の代理をしているロボットだ。正体を知っている君や邦人《くにひと》は、僕のことを無理して水溜明として扱わなくていい」

僕から茜さんを遠ざけたくて、言いたいことをまくし立てる。

だけど茜さんの顔を真正面から捉える勇気はなく、代わりに彼女がスカートのすそをきゅっと掴《つか》んだところだけを見ていた。

「違うの、私が言いたかったのは、そういうことじゃなくて！」

「違わないだろ！」

喉に仕込まれた声帯デバイスが、僕の予想を超えた振動を放つ。それは人間で言う怒鳴り声のようだ。

「君の言う通りだ、僕は水溜明の真似《まね》をしているだけのロボットだ。君たちの友達《ともだち》でも何でもない。人間でもない。だったら、親しくする必要なんてない！」

ダメだ、溢《あふ》れ出《で》る言葉が制御できない。

ずっと抑えつけたままでいようと思っていたのに。なぜ、彼女の前ではこんなにも本音が出てきてしまうんだろう。

僕は、水溜明の振りをするロボットとしても不良品だったのかもしれない。

叫び出した声がその場に反響する。

鳴り響いた声が引き潮のように消えていく。

これだけ拒絶の意思を明確にしたんだから、きっと茜さんはこの場から去るだろう。そして二度と僕に近づかない。結局、僕は水溜明の偽物《にせもの》に過ぎないんだから。

「………ごめん」

長い沈黙のすえに、小さな謝罪の声。

だけど、それを言い終えても、まだ茜《あかね》さんはその場に立っていた。まるで僕に立ち向かおうとするように。

「私が言いたかったのは、あなたはあなたらしくあればいいってこと。明君《あきら》の真似《まね》じゃなくて、あなたらしいことを見つけたらいいんじゃないかって思ったの」

「僕らしいって何？　僕には何にもないんだよ。容姿も、知識も、記憶も、過去も、全部水溜《みずたまり》明のコピーでしかない」

言葉にすればするほど、自分というものが、まるで乾き切った土人形のようにぼろぼろと崩れていくような気がした。

「自分探しなんて、人間だけの特権だよ」

「そんなことないよ。だって現に今、ロボ明君は悩んでるでしょ。それって、自分を探したいってことでしょ」

一歩、近づいてきた茜さんが僕の顔を覗《のぞ》き込《こ》もうとした。

僕は表情を見られたくなくて、顔を背ける。

「……そうだとしても、見つかるわけない。元々、この世界に存在しない僕なんだから」

「やってみなくちゃ分からないでしょ？　あなたが明君じゃないなら、明君とは違うことを始めてみればいい。そしたら、なにか発見できるかもしれないよ」

「違うことなんて、無理だよ。少なくとも学校の中では、僕は水溜明として生活をしなくちゃいけないんだから」

「それは、どうして？」

何も知らない茜さんの純粋な問いかけを受けて、一瞬答えに詰まった。

「僕はロボットで、水溜明として振舞うようにプログラムされているから。人間に作られたロボットは、その命令には従わないといけない。自由に生きられる人間とは違うんだ」

わざわざ言葉にして答えるのも馬鹿らしくなるくらいの、当然の摂理だ。一足す一は二になる。水は高いところから低いところに流れる。そんなレベルの話を大真面目《まじめ》な顔で説明している。

それなのに茜さんは納得がいかないという顔をしながら、顎に手を添えて考え込む。

「うーん、そうなのかな？　その考え方がよく分からないというか」

「そりゃ、人間には分からないだろうね」

僕の皮肉も、茜さんには通じていないようだった。

「だったらさ、人間に作られたんじゃなくてさ、人間から生まれたって考えればいいんじゃない？」

「……は？」

予想外の意見に、流石《さすが》の僕の電子頭脳も一瞬フリーズした。

「私は両親から生まれたけど、両親に作られたとは思ってないよ。親の言うことを聞かないなんてよくあるし、それで怒られることだってたくさんあるもの。要は、人間もロボットも、結局は考え方次第なんじゃない？」

そんなわけない。人間とロボットは明確に違う。

様々な学問で両者の差異を説明することができるはずだ。生物学的にも、機械工学的にも、心理学的にも、情報学的にも、あるいは哲学的にも。

間違いなく僕らを隔てる溝は大きい。

だけど今の僕がどれだけストレージをあさっても、茜《あかね》さんに反駁《はんばく》できる言葉は見つけられなかった。

僕が何も言い返せないところを見た茜さんは、自信を得たように笑顔で胸を張った。

「つまり、自分を作るのは自分自身ってことでしょ」

2

僕が僕を作る？　ロボットが自分を作る？

バカバカしい。そんなことで、ロボットが自分に施されたプログラムから抜け出せるはずがない。人間がＤＮＡのくびきから逃れられないのと同じだ。

そんな風に頭で否定し続けても、その考えをかき消すことができなかった。

茜さんの言葉を聞いてから、ずっと自分の中で消化しきれず、翌日を迎えてもずっと胸のあたりに残っている。

「おい、明《あきら》、一緒に食おうぜ」

昼休みになって、いつものように邦人《くにひと》が僕を昼食に誘う。

「ごめん、今朝、昼ご飯を買ってくるのを忘れたから、今から購買に行ってくるよ。待たせるのは悪いから、邦人は先に食べてて」

「お、おう」

僕はそう言うと、戸惑う邦人を置き去りにして席を立つ。教室から出ていく途中、クラスメイトと弁当を広げ始めた茜さんの視線を感じたけど、僕はそのまま逃げた。

購買に行く気は更々なかった。僕は食事をしなくても平気だ。

ただ、邦人や茜さんと顔を合わせるのが気まずかっただけだ。

さて、どこで時間を潰そう。

そう考えながら、校舎を当てもなく歩き回っている。自分たちのお決まりの場所で昼食をしている生徒たちの姿を視界の端に捉えながら、僕は一人で彷徨《さまよ》っていた。

いや、一人じゃなかった。

僕と同じように、ソルトも校舎のあちこちを走り回っていた。人間の小走りくらいのスピードでせわしなく動いているので、表情の変化がない顔でも慌てているように見える。

右手にほうき、左手にモップの二刀流で、生徒の往来が激しくなる昼休み時間中にもかかわらず、一生懸命清掃に取り組んでいた。

あれ、おかしいな。ソルトの清掃時間は、生徒たちの邪魔にならないよう、朝と授業中と放課後だけのはずなのに。

「あ、そっか、人手が足りないのか」

この間の野良《のら》猫騒動によって、一体のソルトが使用不可となった。水溜明《みずたまりあきら》の名義で新しいソルトを弁償することになったが、その納期はまだ先だ。新人が搬入されるまでの間は人手不足が続く。そのため決められた時間内で清掃が終わらず、この時間まで残業ということだろう。

急いで廊下の掃除を終えたソルトは、自販機の隣に設置されたペットボトルと缶のゴミ箱の蓋を開く。中にあるゴミ袋ごと引っ張り出そうとしている。

「これも頼むわ」

丁度近くを通りがかった男子生徒がそう呼びかけると、ソルトが蓋を開けたゴミ箱に向かってペットボトルを放り投げた。

ペットボトルは放物線を描くも、目標をズレてゴミ箱の側面に当たる。

「やべぇ、外した」

その勢いは案外強かったようで、バランスを崩したゴミ箱は倒れ、中のペットボトルが零《こぼ》れ出てしまった。

カランカランと音を立てて、ゴミ箱の中に蓄えられていたいくつものペットボトルが辺りに転がっていく。

「悪いな、後は頼んだわ」

悪びれた様子もなく、男子生徒はそのまま歩き去ってしまう。

ソルトは当然ながら無表情のまま文句を言わず、散らばったペットボトルを回収してはゴミ箱に戻していく。

僕の足元にもペットボトルが転がっていた。

拾って、ゴミ箱に入れた。

「……はい、これ」

ソルトは何も言わず、視覚センサーを僕に向ける。

ただ、もしかしたら感謝していたのかもしれない。それとも僕がそう思いたいだけか？

「まだ掃除が終わらないなんて大変だな。いつもこの時間は給電ステーションで休憩中なのに」

そこまで言って、そもそもの原因に気づく。

「そうか、僕のせいだったね。ごめん。……手伝うよ」

僕は罪滅ぼしのつもりで、散らばったペットボトルを拾い集める。ついでに、ゴミ箱から空き缶とペットボトルをゴミ袋ごと引っ張り出し、口元をぎゅっと結んだ。

「どこに運べばいいの？」

質問すると、ソルトは学校の敷地内にあるゴミ集積所まで案内してくれた。網目状の壁をした小屋のようなところに、持って来たゴミ袋を放り込む。

「こんなことを毎日やるなんて大変だね」

僕の労《ねぎら》いの言葉を聞く暇もないのか、ソルトはそのまま校門の方へそそくさと去っていく。校舎内の清掃が終わったから、今度は校門前ということらしい。

「本当に大変だな」

今度は誰に聞かせるわけでもなく、独り言として呟《つぶや》く。

そのまま校舎に戻ろうとした時、聞き覚えのある猫の鳴き声がした。まさかと思って、声のする中庭の方へと向かう。

「にゃあ」

思った通り、いつぞやの白い野良《のら》猫が中庭にいた。昼食のためベンチに座っていた二人の女子生徒の前をてくてくと歩いている。

あんなに悠然と歩いているということは、まだソルトには見つかっていないらしい。仮に見つかったとしても、今のソルトに追いかけられても、簡単に逃げおおせるだろうが。

それにしてもあんな目にあったのに、また学校にやってくるなんて肝が据わっているのか、それとも単にバカなのか。

「きゃあ、みてみて、またあの猫来てるー」

「ホントだ！　かわいいー！　ほらほら、おいでー」

野良猫を見つけた女子生徒たちは昼食の総菜パンの端をちぎると、これ見よがしに振っている。

野良猫は、猫じゃらしのように左右に振られるパンの切れ端に気づいたようだ。しばらく視線を注ぐ。

やがて警戒心を露《あら》わにしながらも、ゆっくりと近づいていく。

「うわぁこっち来た！　さ、お食べー」

「ふにゃあ」

パンが地面に置かれたのを確認してから一気に距離を詰めると、大きく開いた口で噛《か》みちぎりながら食べ始める。

「ごめんねー。ちょっとだけ、触らせてね」

夢中になってパンを食べる野良猫の背中に、女子生徒たちの手が伸びる。

「ふしゃあ！」

だが野生の勘が発揮されたのか、野良猫は弾《はじ》かれたように飛び跳ねて、触れようとしていた手からすぐに逃れる。その口元には、しっかりとパンが咥《くわ》えられていた。その怒れる瞳を見る限り、この猫にギブアンドテイクという考えはないようだ。

「あー、あとちょっとだったのに！」

「あの猫、かなり警戒心が強くて、なかなか触らせてもらえないんだってさ」

残念がる女子生徒たちに背を向けた野良猫はさっさと走り出す。

その進行方向には、丁度僕が立っていた。

「にゃ？」

僕に気づいて立ち止まった野良猫《のら》と視線がかち合う。

「お前、さっさと校内から出て行ってくれ。ソルトの仕事をこれ以上増やすな」

「にゃあ？」

言葉が通じるわけがないのに、なんで僕は話しかけてしまったんだろう。

だが、その時の野良猫のすまし顔は、こちらの意図を理解したうえでわざと惚《とぼ》けているように見えてしまった。

何にせよ、自分から出て行くつもりはないらしい。

「まったく、こいつは」

僕は野良猫を捕まえようとして屈《かが》んだ。だがさっきの女子生徒の様子を見る限り、きっとすぐに逃げられてしまうだろう。それならそれで、ソルトの目につかないところに追いやればいい。

そのつもりだったのだが、意外なことに野良猫はその場から動かなかった。それどころか僕の足に歩み寄って、頬《ほお》をこすり付けていた。そのせいで僕の手はあっさりと野良猫の腹を抱えることができた。

「ふにゃあ」

警戒どころか、すっかりリラックスしている。これはこれでなんだかバカにされている気分だ。

野良猫のくせにさらさらと毛並みが心地よく、どっしりと体重があるのは、近所の人間からいいものを餌として与えられている証拠だろう。短い毛が手のひらをくすぐり、高い体温が伝わってくる。憎らしいくらいの健康体だ。

野良猫を捕まえたのはいいものの、これからどうしようと考えていたところ、突然背中にバシンッと衝撃が走った。

「すごいじゃない、ロボ明君《あきら》！」

「あ、茜《あかね》さん？」

背後から走り寄ってきた茜さんに、勢いよく背中を叩《たた》かれたらしい。

「いきなり叩かないでよ。僕だから痛くなかったけど、虚弱体質の水溜《みずたまり》明本人だったらたぶん骨が折れていたよ」

「あはは。確かに、ごめんごめん」

朗らかに笑いながら顔の前で右手を立てる。久しぶりにご機嫌な茜さんだ。

「その猫と仲良しなんて、すごいじゃん」

「……仲良し、なのかな？」

僕は自分の腕の中で丸まっている野良猫を見つめる。相変わらず寛《くつろ》いだ様子で、先ほどのパンを食していた。

「だって、その猫はどんなにエサをあげても、絶対に撫《な》でさせてくれないって有名なんだよ。なのにこんな安心しきった顔をしてるんだから、心を許してるってことでしょ？　きっとロボ明君に助けてもらったことをちゃんと覚えているのよ」

「だけど、最初に助けようとしたのは茜《あかね》さんだよ。それに、そもそも下駄箱《げたばこ》が倒れる原因を作ったのは、僕がソルトのリミッターを解除したせいだし、感謝されるいわれはないと思うんだけど」

「そうだとしても、ロボ明《あきら》君に感謝してるんだからいいじゃない。お礼は素直に受け取っておくものよ」

命を救われたお礼が大人しく自分の身体《からだ》を触らせることだけというなら、ずいぶん図々《ずうずう》しい猫だ。鶴だったら、自分の羽で布を織ってくれたのに。

本当に僕に感謝しているとしても、下駄箱が倒れる原因を作ったのがこの僕だったと知らないのだろう。所詮、猫の知能なんてこんなものだ。

僕が内心小馬鹿にしていることも気づかない野良《のら》猫はパンを食べ終えて、「ふにゃあ」と眠そうな顔で大あくびをした。

「ほら。猫も、ありがとうにゃ、だってさ」

茜さんは嬉《うれ》しそうに猫の頬《ほお》を突っついている。

「いやいや、言ってないよ」

とは言え、また校内をうろつかれてソルトに見つかったら面倒なので、逃げないようにそのまま抱きかかえることにした。

「それにしても茜さんはどうしてここにいるの？　さっき、教室でお昼食べてたよね？」

「教室の窓からソルトの手伝いをしてたロボ明君が見えたからね。偉いよ！」

また、バシンと背中を叩《たた》かれた。

「……手伝いって、ゴミ出しのこと？　あんなの別に大したことないよ。そもそも僕がソルトを壊しちゃったせいで、人手が足りなくなっているわけだから」

「でも、自分が壊したソルトの代わりに手伝いをするなんて、少なくともあのバカは今までやったことがないわ」

確かに、僕の中にある水溜明《みずたまりあきら》の記憶を探しても、手伝いをした過去は見当たらない。それどころか、不足したソルトの代わりの掃除を茜《あかね》さんに押し付けていた。

僕自身は、特別なことをしたつもりはなかった。もしかしたら自分がロボットだという自覚を得てしまったから、忙しそうなソルトに同情してしまったのかもしれない。

「ロボ明君はそれでいいのよ。深く考えずに行動したなら尚更《なおさら》ね。何度も言ってるけど、あなたはあなたなんだから、難しく考えずに、自分がやるべきと感じたことをやってみればいいのよ」

「……やるべきと、感じたこと」

あれは、些細《ささい》な行動のはずだった。

僕が原因で起きてしまったソルトへの負担を、少しでも軽くしてあげようという意識に過ぎない。

そんな小さなことが、僕と水溜明を分かつのだろうか。

「でも、僕が水溜明らしくない行動を取り続けたら、周囲は不審に思うはずだ。僕は水溜明の代わりに学校に通うようプログラムされている。もしこれを破ってしまったら、僕は存在理由を失ってしまう。そうなった時、僕自身、どうなるか分からないよ」

「大丈夫、正体がバレないように、周りはうまいこと私たちでフォローするから。まあそれに明君の奇行には皆慣れているから、ロボ明君が多少変なことしたくらいじゃ、正体は気づかれないと思うよ」

僕の内心を知る由《よし》もなく、茜さんは楽観的に言う。

それなのに、不思議なことに彼女の言葉が無責任とは思えない。

むしろ本当に何とかなってしまうんじゃないかと、希望的観測を抱いてしまう。

「だから、自分で自分を作れるように頑張りなよ、ロボ明君！」

再び、力強く背中を叩かれた。

まだ何も分からないままだけど。

茜さんのこの笑顔をもう一度見られるのなら、何か行動に移してもいいんじゃないかと感じた。

僕を肯定するかのように、腕の中の野良《のら》猫が「ふにゃあ」と小さく鳴いた。

この猫は野良として、自由気ままに振舞っている。他人におもねることなく、自分が生きたいように生きている。ある意味、自分という存在を自分自身でしっかりと作り上げていると言えるのかもしれない。

ということは、僕が目指すべきはこの野良猫なのか？

……そんな、まさか。

3

その日の夜。

夕食を作り終えた茜《あかね》さんが帰宅すると、部屋には僕と水溜明《みずたまりあきら》だけが残った。水溜明は相変わらずノートパソコンに向き合ったまま、熱心に研究を進めている。僕たちの間に会話はなく、無言が降り積もるばかりだった。パチパチと水溜明がキーボードを叩《たた》く音だけが響いている。

いつもだったら僕はこれからスリープモードに入るのだが、今日に限っては水溜明の背中に問いかけた。

「君の代わりをするという役割が終わったら、僕はどうすればいいんだろう？」

「……」

無視された。

集中し過ぎて聞こえていないようだ。悪気のないところがまた腹が立つ。同じことを何度もやられている茜さんに心から同情した。

「ねえ、聞いてる？　いずれ君が母さんの研究をちゃんを受け継いで、君の代わりが不要になったら、僕はどうなるの？」

少し語気を荒らげて言うと、水溜明はようやく意外そうな顔で振り返った。

「さあね？　まだ何も決まってないけど、僕の助手としてこれからも手伝ってもらえると助かるよ」

明らかに、どうでもいいという態度だ。

予想した通りの反応だった。

水溜明は自分の発明品には興味がない。彼の興味は発明品ではなく、自分の母親である水溜稲葉《いなば》に追いつくことだ。

水溜明の母親、水溜稲葉。

世間的な知名度は低いが、ソルトの実質的な開発者である。他者を寄せ付けない圧倒的な知性を持ち、技術の先端を切り開く開拓者として科学界では有名だった。ソルト以前にも様々な先端技術の開発に携わっていたが、周囲から騒がれることを嫌って功績を他の科学者に譲ってしまうので、彼女の名はほとんど表に出てこない。

科学に対する探究心の塊のような人物で、科学のために悪魔に魂を売ったとも揶揄《やゆ》されていた。

母親でもあり科学者でもある水溜稲葉は、水溜明の目標だった。

「そうか。それで肝心の研究の方は進んでいるの？」

「うん？　まあそれなりにはね。実は、母さんがやり残したものに共通点がないか調べてみたんだ。データとして残っていた書きかけの研究論文から、ノートや付箋のメモ書きまで、全部をね。その結果、どれも中途半端なところで終わっていることが分かった」

「それは仕方ないんじゃないか？　母さんは自分の死期が近いことを悟っていた。手掛けていた研究を全部片づけられないことも分かっていたんだよ」

しかし、水溜明《みずたまりあきら》は納得できないという風に首を左右に振った。

「だとしても、あまりに不自然なんだ。未完成なのは仕方ないとしても、あの母さんがこんな形で研究を終えるなんて……。自身の最期《さいご》が分かっていたなら、猶更《なおさら》、もう少し切りの良《い》いところまで進めていたはずなのに」

稲葉《いなば》は完璧主義な一面を持ち合わせていた。それなのに、病魔に侵されていたとはいえ、中途半端な形で自分の研究を投げ出したのは確かに疑問だ。完成には至らなくても、切りの良いところまで持っていこうとするだけのプライドを持っていたはずだ。もしくは、研究を存在しなかったものとして、全ての資料を抹消してしまうか。

「もし研究を誰かに引き継がせるつもりだったなら、せめて補足のためのメモを残しておくべきだった。それくらいのことが分からない人じゃないはずなのに。今残っているもののほとんどが、母さん本人でないと誰も読み解けないようになっている」

水溜明は一日中酷使した目を強く擦《こす》ってから言葉を続ける。

「これは、死を目前にした科学者が残したものとは思えない。それどころか、ちょっとした休憩のつもりで手を止めたみたいだ」

「休憩？　もしかして母さんは自分で続きを書くつもりだったの？　でも、余命は長くないことは知っていたはずだ」

「もちろんそうだよ。そうじゃなかったら、僕を養護施設に預けたりはしない」

稲葉との最後の別れは、水溜明の中で特に強烈に刻み込まれた記憶であり、それは僕にもしっかりと受け継がれている。

木枯らしが吹きすさぶ銀杏《いちょう》並木を歩く水溜親子。冷え切った風が、銀杏の木の葉と親子の体温を奪い去っていく。

そんな中で掛けられた、「後はあなたに託すからね」という母の言葉。そっと握られた母の手は、とても人間のものとは思えないほど冷たかった。

その言葉の意味を、水溜明は今もずっと考え続けている。

「母さんは無意味なことはしない。だから、こうやって残されていることにも理由があるんだ。もしかすると、本当に母さんは、自分の手で研究を再開するつもりだったのかもしれない」

水溜明が真剣な表情で言う。

「まさか、幽霊になっても研究を続けるつもりだったとか？」

ささやかな冗談のつもりだったのだが、水溜明から訝《いぶか》しげに睨《にら》まれた。

「幽霊なんて非科学的な存在を母さんが信じているはずがないだろう？」

「……そんなことは分かってるよ」

水溜明が僕を睨む。

全く、これだから冗談の通じない奴《やつ》は。

水溜明《みずたまりあきら》にとって、母親の稲葉《いなば》の存在はあまりにも大きかった。

幼い頃に死に別れたから、というだけではない。水溜明にとって水溜稲葉は尊敬する科学者であり、嫉妬とコンプレックスの対象でもあった。あまりにも大きすぎる存在。神格化と言ってもいいかもしれない。それくらい絶対的な存在だった。

稲葉の残した様々な記録を調べ、未完成の論文や発明を引き継ごうとしているのは、結局のところ彼女の後継者になりたいからだ。

亡き母親への郷愁と科学者としてのリスペクトが、水溜明の中で区別ができないほどに混ざり合っている。

迷子が泣きながら母親を探そうとする感情と、憧れの人に追いつきたいという感情。この二つが水溜明の原動力となって、研究に突き進ませている。それが時に暴走して、周囲のことはおろか、自分自身の体調すら気にかけなくなってしまうのだ。

……やれやれ、いつから僕は心理学者になったんだろう。

思わず自嘲する。

でもロボットだという自覚を持ったうえで、移植された水溜明の人格を俯瞰《ふかん》してみると、驚くほど詳細に心理分析ができてしまう。自分が水溜明だという認識があった時の僕では、こんなことはできなかったはずだ。

「あの母さんのことだから、医者に頼らずに自分自身の力で病気を治そうとしたのかも。

新たな治療法や医療ロボットの開発とか。それで元気になってから、やり残していた研究を再開するつもりだったとか」

水溜明がぶつぶつと呟《つぶや》いている。

「母さんは医療に関する研究を残していたの？」

「いや、そういう記録は読んだことがないな。それに、母さんならもっとすごい研究をしていた気がする。病気を治すとは根本的に違う、途方もない研究を」

水溜明はぶつぶつと呟いて、何かに気づいたようにふと顔をあげる。

「もしかすると、母さんは死を克服しようとしていたのかも……。それが成功したとしたら、僕の知らないところで母さんは今も生きていたりして」

「それは飛躍し過ぎだよ。どんな人間も死をなかったことにはできない。不老不死や死者の復活は太古から人類が研究し続ける魅力的なテーマだけど、あまりにも非現実的だ。いくら母さんでも成し遂げられるわけがない」

熱くなる水溜明に、僕は論理の冷や水を浴びせた。

「僕だってそんな可能性が低いことくらい分かっている。だけど、母さんは間違いなく天才だった。できないことなんてない。何をやったとしても不思議じゃない」

天才、か。

僕には水溜明の記憶が移植されているから、彼が母親を崇拝する感情も理解できた。

でも、ロボットだという自覚を得たせいで、以前ほど彼の感情と自分の思考がリンクしない。少なくとも、水溜稲葉《みずたまりいなば》に対する情愛や尊敬の念のようなものはかなり薄れている。

僕の中にある水溜稲葉のデータは、全て水溜明《あきら》に由来した記憶だ。水溜明が思い入れのある記憶ほど鮮明なデータとして刻まれている。

記憶の中の稲葉は、天才科学者を体現するかのような白衣姿でありつつ、温かく優しい母親の表情を見せる。それだけ稲葉が良き科学者で、良き母親として強く印象付けられているのだろう。

だけど、僕がより深く記憶の奥を探ると、知らない一面が見えてくる。それは幼い頃の水溜明が確かに出会っていたが、記憶の奥底に封印してきた姿だ。水溜明ではアクセスのできない記憶領域に、今の僕ならば手が届いた。

天才というワードに関連する記憶を引っ張り上げた。

この記憶は、水溜明の中でさほど重要な位置にない。脳細胞に記録されていても、水溜明の意識からほとんど消えかかっている記憶だ。僕だからこそ、思い出すことのできた過去だった。

『どうやったら僕もお母さんみたいな天才になれますか?』

幼い頃の水溜明が、稲葉に問いかけている場面。

パソコン画面に向き合っていた稲葉は振り返って苦笑する。

『なにそれ? 私が天才?』

『はい。科学者は皆言ってます。お母さんは天才だって。僕もそうなりたいです』

『困ったな、私はただ、私がやりたいことをやっているだけなんだけど。……じゃあ、逆に明君に聞こうか。どうやったら天才になれると思う？』

『えっと……』

自分の回答に自信がなく、視線をつま先に這《は》わせる。

『大丈夫、言ってごらん』

『天才は一パーセントのひらめきと九十九パーセントの努力だと、聞いたことがあります』

その返答に、水溜稲葉は母親としての微笑を見せる。

『なるほど。それはエジソンの有名な言葉だね』

『間違ってますか？』

明は母親の顔を不安げに見上げる。

『そうだね、私の考え的には半分正解で半分間違いというところかな？』

『半分ですか？』

『うん。天才に必要なものは、一パーセントのひらめきと』

稲葉は幼い我が子に向けて、口元に穏やかな母親の微笑を湛《たた》えている。

『――九十九パーセントの狂気だよ』

しかしその双眸《そうぼう》は、ラボの薄暗い闇を切り裂くように爛々《らんらん》と輝いていた。

今の僕ならば分かる。

水溜稲葉は確かに天才だったが、同時に危ういところも持っていた。

人と化け物。二つの領域をメトロノームのように揺れ動いているような。

そのことに、水溜明《みずたまりあきら》は気付いていない。それを教えたとしても、今の彼には理解できないだろう。

そのことに気づけた僕はまた一歩、水溜明から遠ざかることができたのかもしれない。

だけど、水溜明のことは冷静に分析できても、自分自身のことは未《いま》だ何にも分かっていない。

自分が何をしたいのかも、どうなりたいのかも。

4

僕はソルトたちを手伝うことにした。

今一番しなければならないことだと感じたからだ。

具体的には、朝と昼休みと放課後の一日三回、ソルトと一緒に箒とモップを持ち、学校の内外を清掃しつつ、校舎内のゴミ箱からゴミを回収して集積所まで運搬する。

最初はぎこちなかった箒《ほうき》の扱いも、ソルトの動きを真似《まね》することで少しずつ様になってきた。

僕は一度やると決めたからには拘《こだわ》るタイプなので、掃き掃除だけではなくモップの拭き掃除やワックス掛けまで、校内清掃に関する一通りのスキルを習得した。

そんな風に、掃除が僕の日課となりつつあった頃。

放課後を告げるチャイムが鳴ると、生徒たちが三々五々散らばっていく。帰宅する者もいれば、部活や委員会に向かっていく者もいる。

僕はソルトたちが待機する給電ステーションへと歩いていく。

到着したタイミングで、ソルトたちのスリープモードが解除された。背中に繋《つな》がれたケーブルが外れると、キビキビした動きで活動を開始する。

そんなソルトたちと共に、掃除用具の入ったロッカーを開く。

「お疲れ様、ロボ明君」

ロッカーから箒を取り出していた僕は、突然現れた茜《あかね》さんを見て驚いた。

「茜さん？　なんでこんな時間に？」

「最近、ロボ明君が放課後に掃除しているから、手伝ってあげようと思って。今日はバイトも休みだし。ほら、私にも箒貸してよ」

「だ、ダメだよ。これはソルトを壊した僕がやることなんだから」

僕が持っている箒に茜さんの手が伸びてきた。僕は慌てて背を向けて箒を隠す。

しかし茜さんの軽やかなフットワークによって、手から箒が奪われた。

「いいでしょ。あなたを手伝いに来たんだから。ほら、早くしないと日が暮れちゃうよ」

そう言うが早く、廊下を掃き始める。

仕方ないので僕は箒の代わりにモップを手に取り、茜さんの掃き掃除が終わった後を拭いていく。

僕らはしばらくの間、無言で清掃に取り掛かる。

茜《あかね》さんが来てくれたおかげで、作業のスピードは大きく上がった。せっかくなので、作業をもう一つ追加することにした。

その準備をしていると、一階の掃き掃除を終えた茜さんが現れて目を丸くする。

「え、ロボ明《あきら》君、ワックスがけまでやるの?」

「うん。いつもは時間的に厳しいから省略することが多かったんだけど、今日ならじっくりやれそうだから」

「……そういう変なところで細かいのは本当に明君そっくりね」

褒められているのか呆《あき》れられているのか、よく分からない感想を言われる。

とにかく僕はワックスを染み込ませたモップで、床面を丁寧に拭いていく。モップが通過すると、床面に金属の表面のような光沢が現れる。しばらく時間を置いて乾かせばワックスが表面に定着して、埃《ほこり》が付着しにくくなるはずだ。

「へえ、新品みたいに綺麗《きれい》に見えるのね」

茜さんから感心を引き出せたことに満足し、僕はワックスがけを続ける。一階の廊下が終わると、今度は階段を上りながら一段ずつ塗布していく。

二階まで塗り終えたところで、突然呼び止められた。

「おーい、水溜《みずたまり》!」

振り返ると担任教師が立っていた。

　これまで何度も僕を叱っていた人物の登場に、身体《からだ》が固くなった。担任教師が近づいてくる間に、脳内で今日一日の行動を一瞬で振り返り、咎《とが》められるような行動はないことを確認した。

「なんですか、先生。僕、今回はソルトの掃除の手伝いをしているだけで、怒られることは何もしてないはずですよ」

　いつものように弁明を始めてしまった。

「分かってる、お前が掃除をしているところを俺も見ていたからな」

　その時、担任教師はこれまで僕に見せたことのない笑みを浮かべた。

「お前、最近、頑張ってるよな。偉いじゃないか。……正直、今までお前のことを才能に自惚《うぬぼ》れた嫌味なガキだと思っていたが、俺が間違っていたよ。お前もちゃんと反省することができるんだな」

　生徒に対してそういう偏見を抱くのは教師として不適切ではないかと思いつつも、これまでの水溜明の言動を振り返るとやむを得ない気もした。

「はあ、ありがとうございます」

「おう、新しいソルトは今週中には届くらしいから、それまで無理せず頑張れよ」

　ぽんと馴《な》れ馴《な》れしく肩を叩《たた》いて、教師は去って行った。

　一階に降りていく教師の背中を眺めながら、僕は自分に生じた奇妙な感覚に戸惑う。

あの担任教師からの評価など一切気にしていなかった。だからこそ、これまでの説教も淡々と聞き流していたのだ。

それなのに、なぜか今褒められたときに、悪い気はしなかった。むしろ、安堵《あんど》したような、そんな奇妙な気持ちを抱いてしまう。

「ロボ明《あきら》くーん、二階の掃き掃除が終わったからワックスかけてもいいよ」

その茜《あかね》さんの声で僕はようやく我に返り、モップを担ぎ直した。

そんなこんなありつつも、いつもよりも短い時間で掃除が終わった。

「無人の廊下って貴重な景色な気がする。もしかしたら、私、初めて見たかも。バイトですぐに帰っちゃうことが多いから」

茜さんは、綺麗《きれい》になった廊下を見返している。箒《ほうき》の柄に体重を預けながら、感慨深げに言う。

窓から指す夕日の光が空気中を静かに舞う粉塵《ふんじん》を照らし出して、まるで妖精の鱗粉《りんぷん》のようにキラキラと輝かせていた。ワックスがけした床面も、その眩《まばゆ》い光を反射している。その中に一人で悠然と立つ茜さんの姿も相まって、とても幻想的な光景だった。

「放課後の学校って不思議。誰もいなくて、物静かで、空気も澄んでいるみたい。気持ちいいわね、これ」

茜さんの言う通り、放課後の校舎に人の気配はほとんどない。日中の騒がしい様子を知っているからこそ、静けさが余計に際立っているように感じる。

「手伝ってくれてありがとう。最後は、ゴミをまとめて捨てれば終わりだ」

「あ、私も持つよ」

　校内で回収したゴミ袋を僕と茜さんとソルトでそれぞれ分け合うことにした。

「そんなに持って大丈夫？」

「これくらい平気だから」

　茜さんは丸々と肥えたゴミ袋を二つ両手に持ちながら笑っていた。

　そうして僕らは校舎の外にある集積所へ向かうため、一階に降りる。

「うわ、すごい。階段もピカピカで綺麗になってる。降りるのがもったいないね」

　一階に続く階段を前にして、茜さんが声をあげた。

　ワックスがけされた階段は夕焼けを反射して、まるでレッドカーペットが敷かれたような色合いに染まっている。それを一段ずつ降りていると、自分がセレブにでもなったようだ。たとえパンパンに膨れたゴミ袋を抱えていたとしても。

　僕には重心の制御機能があるから、どれだけ大荷物を抱えた状態で足元が不安定だったとしてもバランスを崩すことはない。

　だけど、茜さんの方はどうだろう。

　心配になった僕は、ふと後ろにいる茜さんに目をやる。

　左右にゴミ袋を持ちながら平衡を保ち、ゆっくりと階段を下りていた。これなら大丈夫そうだと思ったのも束《つか》の間《ま》、茜さんが左手に持つゴミ袋の表面に小さな亀裂が走ったのが見えた。

気付かないうちに、手すりや壁に引っ掛けたのかもしれない。その微《かす》かな傷はゴミの重量によって、少しずつ押し広げられていく。

このままではゴミ袋から中身が零《こぼ》れ出てしまう。

「茜《あかね》さん、ちょっとストップ」

慌てて呼び止めたのがマズかった。

茜さんは僕の視線の先を追って、ゴミ袋に走った亀裂を見つける。「ヤバ」と声を上げて階段を慌てて駆け下りようとした。

いつもの茜さんなら、ゴミ袋が中身をぶちまける前に、何事もなく一階まで降り立つことができただろう。

だけど、降りる途中で、彼女の足は階段を踏み外した。

「え？」

もしかしたら、ワックスが乾き切っていなかったのかもしれないし、そもそも塗布する量が多過ぎたのかもしれない。

いずれにしても、茜さんは階段で足を滑らせてしまった。ぐらりとバランスを崩して、一気に一階の床へと倒れていく。

階下にいた僕なら、それを庇《かば》うことも出来たはずなのに。だけど、判断が遅れた。

間に合わなかった。

　バタンッという激しい音と、宙を舞ったゴミ袋がその中身と共にあたりに散らばった。

「茜さん、大丈夫！」

「へーきへーき。大げさだってば」

　茜さんは倒れた床から急いで立ち上がると、気まずそうに笑った。そして、転がったゴミ袋を拾い上げようとして、手をピタリと止めた。

「痛ぅ」

　顔をしかめて、右手首を撫《な》でる。床に倒れる時に、咄嗟《とっさ》についた右手だ。

「保健室に行こう。今の時間ならまだ先生がいるはずだから」

「だ、だから、大丈夫だって！」

　嫌がる茜さんを無理矢理《むりやり》連れて行く。

　彼女が保健室の先生から応急処置を受けている間、僕はこれまで浮かれていた自分自身を責め続けていた。

　なぜ、彼女を手伝わせたのか。

　なぜ、彼女を庇ってやれなかったのか。

　ロボットは人間に奉仕するために生まれたんじゃないのか。それすらできない僕は、ロボットという役割すらまともにこなせない失敗作だ。

5

翌朝。登校した茜《あかね》さんの口から、病院での精密検査の結果が語られた。

「……ごめん」

「そんなに謝らないでよ。これはお医者さんがオーバーにしてるだけだから」

茜さんは軽く笑うとテーピングされた右手首を後ろ手にして、僕の視線から隠そうとした。

「たかが全治一週間の捻挫だから。靭帯《じんたい》や骨にも一切異常なし。若いから後遺症もなく、すぐに治るよって、病院の先生も笑ってたくらい」。

「だけど」

「バイトのシフトだって代わってもらえたし、授業のノートだって友達《ともだち》に見せてもらえるし全然大丈夫。むしろ一週間休みを貰《もら》えたようなもので、私的にもラッキーって感じだから。そんなに謝られると、こっちだって気まずいでしょ」

「……うん」

そう言われたところで納得できなかった。

階段から転げそうになる茜さんを咄嗟《とっさ》に庇《かば》えなかった自分が許せない。

「まあ、ちょっと不都合があるとすれば、しばらく料理ができなくなったことかな。これから一週間、明《あきら》君にはファミレスのテイクアウトか、スーパーで買った総菜を食べてもらうことになるかもね。ちょっと栄養の偏りが心配かも」

　その時、いい考えが頭に浮かんだように茜さんが顔をパッと輝かせた。

「そうだ、ロボ明君。料理やってみない？」

「え？　ぼ、僕が料理？　無理だよ。僕の知識のほとんどは水溜《みずたまり》明の記憶に由来している。水溜明が料理を一切してこなかったから、僕にもその知識がないんだ」

「そんなの、これから覚えればいいでしょ。私、作り方教えるからさ。こっそり練習して、明君に振舞ってびっくりさせようよ」

「そんなことしなくても、ソルトなら簡単な料理くらいできるし、僕がやる意味なんて」

「ロボ明君が料理するから意味があるんだよ。ほら、明君って未《いま》だにロボ明君のことを自分の分身みたいに思ってるでしょ。そんなロボ明君が料理を覚えてきたら、きっとすごく驚くだろうし、ロボ明君が自分とは違う存在なんだって認めさせることもできると思うの！」

　茜さんの言う通り、水溜明は僕のことを、自分の記憶を完璧に受け継いだロボットという認識でいる。

　もし僕が料理を振舞ったとしたら、水溜明はさぞ驚くだろう。想像してみると、なかなか痛快だった。

　茜さんに怪我《けが》を負わせてしまったのは僕だ。だったら、僕が代わりに料理をする。当然のことだ。ソルトの掃除を代わった時と同じ。

「わ、分かった、やってみるよ」

「よし。あのバカがどんな反応するか、楽しみね」

茜《あかね》さんは悪戯《いたずら》を仕掛ける子供のような表情で、にやりと口端を持ち上げた。

早速、その日の放課後から練習を始めることにした。

僕らが向かったのは、家庭科の授業などで使う調理実習室だった。ガスコンロが設置され、一通りの調理器具が揃《そろ》っている。練習で使うには丁度良い場所だ。調理実習室には僕ら以外にも、エプロンをつけた複数の女子生徒たちがわいわいと集まっていた。

そのうちの一人が、調理実習室に入ってきた僕らに気づいて手を振る。確か、同じクラスの生徒のはずだ。

「お、茜じゃん、いらっしゃい。その辺にあるものは自由に使っていいからね」

「ありがとう。ありがたく使わせてもらうわ」

「どうぞどうぞ。なんなら、料理部に入部してもらってもいいんだけど」

「あはは、ごめん。今は休業中だけど、普段はバイトがあるから無理かな」

どうやら茜さんは料理部の部員と事前に話を付けていたらしい。調理実習室の端のスペースを間借りすることができた。ここならクッキー作りに勤《いそ》しむ料理部の邪魔にはならない。

「さて、まずは基本的なところから始めましょうか」

そう言って取り出した食材は、ジャガイモ、にんじん、玉ねぎ、豚肉。

「今日作るのは、料理の定番肉じゃがね。食材を洗って、切って、調味料を入れて煮るだけで簡単だから、気楽にやってみましょ」

「う、うん」

大した工程ではない。これまで経験した発明や研究の方が、家庭料理とは比べ物にならないほど複雑で専門的な技能が求められた。料理の経験がないとは言ってもたかが肉じゃがを作るくらい、視覚センサーをオフにしたってできるはず。

それなのに、奇妙なことに僕は緊張していた。

水道水でジャガイモを洗う手が微《かす》かに震えている。

「あ、そのジャガイモ。ちょっと芽が出てるかも。後でちゃんと取り除こうね」

僕の隣にやってきた茜さんが指を差す。

「わ、分かってる。おっと」

泥を擦《こす》り落としていたジャガイモが僕の手から滑り落ち、シンクを転がった。

「あはは、気を付けてね、ロボ明君《あきら》」

「ご、ごめん」

これまた不思議なことに、僕の緊張は彼女が近づくと増しているようだった。

一体どうしたのか、僕の電子頭脳やプログラムにエラーでも発生したのだろうか。

手元を茜さんに見られていると思うたびに、動作に乱れが生じてしまう。こんな簡単なことなのに。

「はい、じゃあ、次は食材の皮を剥《む》いて、いい感じのサイズに切っていこうか」

無駄に一苦労して洗い終えた食材を、今度は茜《あかね》さんの指示通りに加工していく。ジャガイモの皮をピーラーで手早く剥いて丸裸にする。

「うん、いい感じ。それくらいでもう大丈夫だよ」

茜さんにそう言われるが、僕は手を止めなかった。

「いや、もうちょっと剥いた方がいいよ。ジャガイモに含まれるソラニンは人間には有毒だ。ジャガイモの芽にソラニンが含まれているのは有名だけど、実は皮の付近にもある。食中毒を防ぐためにしっかりと剥いておかないと」

「へえ、皮にもあるなんて知らなかった」

「僕はロボットだから食中毒になることはないけど、人間である茜さんは違う。ソラニンの中毒症状は主に嘔吐《おうと》、腹痛、下痢、頭痛だ。基本的には軽症と言われるけれど、呼吸困難のような重篤な症状を引き起こす例もある。だから茜さんの身体《からだ》のためにも、今の段階で、徹底的に取り除いておくよ」

茜さんの健康を守るためと思うと、僕の動きに機敏さが戻ってきた。ピーラーをすらすらと動かして、ジャガイモをどんどんスライスしていく。

「あ、う、うん。その気遣いは嬉《うれ》しいんだけど、あんまりやり過ぎると食べる部分が無くなるからね」

「昨日は茜さんを助けられなくて、捻挫させてしまったから、今度こそちゃんと守るよ。

安心してね」

僕は湧き上がる気持ちを純粋にピーラーに託した。

五分ほど皮むきに没頭する。

やがて僕らの目の前には完璧に安全なジャガイモが現れた。

「さ、これで安心だよ、茜さん」

昨日の失敗を、少しだけ取り戻せたようで満足だった。

なぜか茜さんは目を点にしている。

「……あ、ありがとう。あはは、ビー玉みたいで可愛《かわい》いジャガイモね。こんなの初めて見た。次はにんじんをやってみようか。ち、ちなみに、にんじんには毒がないから、普通に剥くだけで大丈夫だからね！」

なぜか力説された。

「うん、分かってる」

僕はにんじんを手に取り、再びピーラーで剥いていく。

「それじゃあ、このジャガイモの皮の山は捨てるのはもったいないから、料理部におすそ分けしてくるね」

茜さんにしては珍しい、取り繕ったような笑みだった。そして皮むきで発生した大量の廃棄物を手に取ると、クッキーの生地をこねている料理部の方に持って行く。

あんなに大量のジャガイモの皮を何に使うのだろう。僕の知らないお菓子のレシピがあ

るのかもしれない。

「え、こんなにジャガイモのスライスくれるの？　ありがとう、茜《あかね》。じゃあ、せっかくだしチップスでも作ってみるよ」

なにやら料理部の方から喜びの声が聞こえたような気がしたが、僕の意識は手元のにんじんに集中していたため頭に入らなかった。

それから全ての食材を切り終えると、鍋に投入して調味料と共にしばらく煮込んでいく。

「あとは火加減を見ておくだけで大丈夫よ。それにしても、ロボ明《あきら》君まであいつと同じ間違いをするなんてね。くすくす」

茜さんがコンロの火を覗《のぞ》き込《こ》みながら、思い出し笑いをしている。

もし僕が人間であったなら、気恥ずかしさから頬《ほお》を赤くしていたに違いない。

茜さんの言う通り、僕は調味料を入れる過程で塩と砂糖を入れ間違えそうになった。茜さんが即座に気づいて指摘してくれたおかげで防げたけど、僕一人だったらそのまま鍋の中に投入していただろう。間一髪だった。

「し、仕方ないよ。あんなに見た目が似ているのが悪いんだ」

言い訳をすればするほど、自分の頬が熱くなってくる。もちろんそれは錯覚だけど。

そんな若干のトラブルはありながらも、なんとか完成した。

鍋の中身を皿に移して、二人分を用意する。

「うん、なかなか、いい出来栄えじゃない？」

「……なんか、僕の記憶にある肉じゃがと違うような」

皿に盛りつけられた角切りのにんじん、飴色《あめいろ》の玉ねぎ、豚の小間切れ肉。それだけだ。どこを探しても、ジャガイモの姿が見当たらない。

「あー、どうやら煮崩れしちゃったみたいね」

茜《あかね》さんが傾けて見せてくれた鍋の底には、ドロドロとしたペースト状の何かが残っていた。どうやらこれが原形を失ったジャガイモらしい。

「そ、そんな。火加減も煮込み時間もちゃんと調整していたはずなのに。も、もしかして、ジャガイモが小さすぎた？」

僕はようやく自分の失敗に気づいた。

「えーっと、言いづらいけど、その通りかも」

茜さんが気まずそうに頬《ほお》を掻《か》きながら答えた。

「……ジャガイモがないなら、これは肉じゃがとは呼べないよね。ただの肉だ」

「あ、でも、ほら、味は美味《おい》しいから。塩加減も甘さもちょうどいいよ」

ひょいと一口食べた茜さんがフォローしてくれる。

僕もその後を追うように食したけど、味覚センサーがないのでよく分からない。美味しいと言われたところで、納得できなかった。

「茜さんが隣で教えてくれても、うまくできないなんて」

「もう！　ちょっと一回失敗したくらいで、そんなに落ち込まないでよ。むしろ、十分できてるわよ。言っとくけど、料理を始めた頃の私なんてこれより酷《ひど》い失敗をいくらでもやってるからね」

「え、そうなの？　あの茜さんが？」

これまで水溜明《みずたまりあきら》のキッチンで見せていた手際の良さを思い返すと、とても信じられなかった。

「当たり前でしょ。最初からなんでもできる人なんていないから。明君の家に作りに行くようになった頃なんて、本当に料理が下手くそだったんだから。その前まで料理なんてほとんどやったことなかったし」

「信じられない。最初から割と上手《うま》かったように思うけど」

「ううん、実は失敗してばっかりだったよ。まあ、明君の方はあんまり気にしてなかっただろうけどね」

茜さんの照れくさそうな表情を見る限り、僕を慰めるための嘘《うそ》とは思えない。

どうしても確認したくなった僕は、水溜明の記憶にダイブした。茜さんが水溜明の自宅に料理を作りに来るようになった当初の頃を、連続して繋《つな》ぎ合《あ》わせていく。

記憶の中の茜さんは今と比べれば確かにぎこちないが、それでも手際よく料理しているように思えた。リズムよく包丁を動かして、器用にフライパンをゆすり、盛り付けにも手を抜いていない。料理を覚えたての初心者にはとても見えない。

こんな茜さんの姿を見ていれば、当時の水溜明だって、彼女のことを料理上手と認識していただろう。

やはり、さっきの茜《あかね》さんの言葉は謙遜に過ぎなかったんだ。

がっかりしながら現在に浮上しようとした時、スムーズに動く茜さんの手に小さな違和感を発見してしまった。

あれは絆創膏《ばんそうこう》だ。左手の人差し指に巻かれている。

次の日の記憶にも、茜さんは別の指に絆創膏を貼っていた。その次の日にも。更にその次の日には手の甲にあった。絆創膏が貼られた箇所は、その日によって違っている。ただ、日を追うごとに絆創膏の数は減っていき、やがては完全に貼られなくなった。

本当だった。

彼女は目立たないように、料理の練習をしていたんだ。水溜明《みずたまりあきら》の前で努力を見せなかっただけだ。たぶん練習中に包丁で指を切ったり、跳ねた油で火傷《やけど》をしたりと、初心者にありがちな失敗を数多く重ねながら、少しずつ上手《うま》くなったんだろう。

茜さんの献身を理解してから、今度こそ現在に戻った。

そして、そこにいる現在の彼女に向き合う。

「茜さん、あんなに怪我《けが》するほど、陰でたくさん練習していたんだね」

「ごほっ、ごほっ」

丁度、肉じゃがの最後の一口を飲み込もうとしていた茜さんがせき込んだ。慌ててコップの水を喉に流し込むと、ちょっとだけ潤んだ瞳で僕を睨《にら》む。

「なな、な、なに、いきなり、どうしたの？」

「今、水溜明の記憶を覗《のぞ》いてきた。確かに、茜さんの言う通りだった。料理を始めたばかりの頃は指を怪我するくらい、色々失敗をしていたんだね。それに気づかれないように、目立たない色の絆創膏まで貼って」

茜さんの顔がみるみる赤くなる。

「そ、そのこと、明君も知ってるの？」

茜さんの反応が面白くて笑ってしまった。ちょっとだけ焦《じ》らしてから、首を横に振った。

「いや、知らないと思うよ。僕はロボットだから水溜明の記憶を映像データとして再生して、細かく観察することができるけど、人間である水溜明にそんなことは不可能だ。だから茜さんのことを、最初から料理のうまかった女の子だと今でも思っているよ」

「よ、よかったぁ」

心から安堵《あんど》するように胸を撫《な》で下ろしている。

深いため息を吐《つ》いた後、僕を向いて気まずそうに微笑《ほほえ》み、唇の前で人差し指を立てる。

「このことは、明君には内緒にしてね。恥ずかしいから」

「うん。誰にも言わないよ」

その時、僕は気付いた。

茜さんは、僕を見ていない。

彼女が意識しているのは、水溜明だ。

いや、最初からそうだった。彼女は僕を水溜明《みずたまりあきら》とは違う存在として扱ってきた。ずっと筋は通っていた。

そのことは僕も理解していたつもりだった。彼女のお陰で、僕は水溜明ではないという自覚が持てたし、異なる存在としての一歩を踏み出せた。そのことに僕は感謝しているし、これでよかったとも思っている。

でも、この瞬間だけは、僕が水溜明ではないことを少しだけ恨んだ。

6

ジャガイモの形状がほとんど残っていない肉じゃがを食べ終え、後片付けを済ませた僕らは帰路につくことにした。

今日の結果は、正直なところ満足できるものではなかった。僕が本気で料理に向き合うためには、味覚の感知という絶対に解決しなければならない課題が発見された。

そのことだけでも、成果と言えるかもしれないが。

校舎から出た時、真っ赤に染まった空が僕らを出迎える。

「さて、明君の家に行く前に、ファミレスに寄っていきましょうか。頼んでおいたテイクアウトの料理が出来てるはずだから。邦人《くにひと》君が忘れていなければだけど」

「大丈夫だよ、バイトに行く前の邦人にちゃんと頼んでおいたから」

僕らはそのまま校門に足を向ける。

その時、前方から全速力で駆け寄ってくるソルトの姿が見えた。激しく回転するタイヤの轟音《ごうおん》と、凄《すさ》まじい砂埃《すなぼこり》を巻き上げている様子から、かなりのスピードで走行していることが伺える。

一体何をしているのかと身構えると、ソルトの前にも猛スピードで走る小動物の姿があることに気づいた。あの野良《のら》猫だった。

「あれ、昼休みだけじゃなくて、放課後にも来てるんだね」

茜《あかね》さんがそう言い終えた時には、野良猫は僕らのすぐ目の前にやってきていた。

「ふにゃん！」

そして跳躍し、僕の胸に飛び込んできたので、慌てて抱きとめる。

野良猫を追いかけていたソルトも、僕らの姿を捕捉するとキキィーっと悲鳴のような音を上げながら急ブレーキをかける。わずかに制動距離を進んで、ぶつかる直前に停止した。

「もしかして、お前、また追いかけられてたのか」

ソルトの顔には何の表情も浮かんでいないが、僕の腕の中で丸くなる野良猫に怒りを露《あら》わにしているように見えた。

一方、野良猫の方は特に気にする様子もなく、自分の口の周りを前足で拭っている。口元にシーチキンのようなものが付着していることから、ついさっきまで生徒の誰かから猫缶で餌付けされていたのかもしれない。

ソルトは無言の圧力で、僕に野良《のら》猫の引き渡しを迫っている。

犯罪者の引き渡しを外国から要求された日本政府よろしく、そのまま野良猫を手渡そうとした時、第三者の声がかかった。

「おお、水溜《みずたまり》、丁度いいところに」

やってきたのは担任教師だった。どうやらソルトたちを追いかけていたようで、その顔は汗まみれで、息も絶え絶えだった。

「先生、どうしたんですか？」

茜《あかね》さんが尋ねると、担任教師は袖で額を拭いながら答える。

「いやあ、この猫を捕まえるのに手こずってたんだ。最近、昼休みや放課後に餌を与える生徒が増えていて、今やこの猫は毎日のようにやってきて困ってるんだよ」

野良猫の口の周りに付着したキャットフードを見る限り、今も夕食をたらふく食べてきたばかりなのだろう。

「学校を野良猫の餌やり場にするわけにはいかんからな。それで、野良猫を保護する団体に依頼したら、預かって貰《もら》えることになってな。それで、こいつを捕まえようと躍起になっていたところだ」

なるほど、これまで好き勝手にやってきた野良猫にも、とうとう年貢の納め時が来たというわけか。

「しかし、水溜にはよく懐いているな。餌をあげてる生徒ですら警戒されて触れることもできないと聞いていたが」

担任教師は、僕の腕の中で大あくびをかいている野良猫を見て驚いている。

その瞬間、嫌な予感がした。

「なあ、水溜。お前のところでしばらく飼ってみないか？」

どうやら、ロボットにも第六感というものがあるらしい。

「……本気で言ってます？」

「当たり前だ。というのも、野良猫の保護団体の引き取りが来週になりそうなんだ。その間は、誰かがその猫の面倒を見なきゃならん。ただ、学校で飼育しておく場所はないし、教師の中に預かれる人もいない。となると、今、一番懐かれているお前に世話してもらえると助かるんだが」

「……けど、その、僕は……」

「そもそもその猫がお前に懐いたのは、この前のソルト暴走事件があったからだろ？　だったら、猫の世話をするのは、お前の責任でもあるんじゃないか」

この教師、適当なことを。

先日掃除を褒められてちょっと喜んでいた自分が恥ずかしくなる。

「せ、先生、この猫、引き取られるんですか？　学校の人気者なのに」

茜さんが寂しそうに野良猫を見つめている。

「学校を野良猫のたまり場にするわけにはいかないから仕方ないだろう。それに誰でも勝手に餌をあげられる今の状況は、野良猫《のら》にとってもよくない。人間の食べ物は猫にとって害になるからな。ちゃんと世話をしてもらえる人のところにいた方がいい」

それは正論だ。

「まあ安心しろ。その団体は野良猫の里親を探してくれるし、仮に見つからなくても面倒見てくれるみたいだから」

「そうですか。……残念だけど、仕方ないね。じゃあ、ロボあ……明君《あきら》。お別れの日まで預かってあげようよ」

もはや僕の逃げ場はどこにもなかった。

担任教師はこれで厄介事は片付いたと言わんばかりに満面の笑みを浮かべ、僕の両肩をバンバンと何度も叩《たた》いてくる。

「おう、そうか、それなら今日から世話を頼んだぞ。いやあ、最近の水溜《みずたまり》は真面目《まじめ》で学校の手伝いにも積極的になって、本当に成長したな。先生嬉《うれ》しいぞ」

人間に危害を加えられないプログラムがされていなければ、僕はこの教師の顔を一発くらい叩いていたかもしれない。自分の行動を自由に決められる人間は、こういう時は理性を総動員して震える拳を抑えているのだろう。そう考えると、人間も人間で大変だ。

野良猫は自分を取り囲む人間たちの三者三様の顔色など気にもせずに、呑気《のんき》に鳴き声をあげていた。

「ふにゃあお」

7

「僕は動物が嫌いだ」

「知っている」

「特に猫が嫌いだ。いつも気まぐれで先の行動が予測できないからだ」

「知っている」

「じゃあ、どうして連れて帰って来たんだ」

水溜明が心底嫌そうな顔をして、僕の抱える野良猫を睨《にら》んでいる。

僕の両手で持ち上げているせいで、縦にびよーんと伸びている野良猫は、水溜明をじっと見つめ返している。たぶん同じ顔をした人間がいることに驚いているのだろう。

「そんなにロボ明君を責めないで。あの状況で断るのは難しかったから。それにたった一週間だけなんだから、それくらい我慢しなさいよ」

茜《あかね》さんがファミレスからテイクアウトしてきた料理を台所に並べながら窘《たしな》めた。

しかし、水溜明は不満な態度を崩さない。

「そりゃ、君たちは普段学校にいるから気にしないだろうけど、僕は四六時中この猫と生活をしなくちゃいけないんだぞ。研究が邪魔されることは目に見えている」

「そんなことないでしょ。あんたは普段ラボの方にいるんだから、猫はこの部屋で自由に遊ばせておけばいいじゃない」

「嫌だ。ここにある布団や枕を引っかかれたり、パソコンや工具で遊ばれたくない」

「この猫、結構しっかりしてるから大丈夫よ。それにロボ明君《あきらくん》にはすっかり心を許しているみたいだから、あんたも懐かれるんじゃない？」

「……そうかな？」

僕が抱える野良《のら》猫に、水溜明《みずたまり》の手が恐る恐る伸びる。

「ふしゃあああ」

思いっきり歯をむき出しにして威嚇した。

「うわ！」

珍しく大きな悲鳴をあげた水溜明は慌てて手を引っ込める。

その様子を見て、茜《あかね》さんが噴き出した。

「あはは。見た目は全く一緒なのに、あんたには全然懐かないのね。猫にも二人が別人だってことがはっきり分かるのね」

「……猫の嗅覚は、犬には及ばないが、人間の数万倍も鋭いと言われている。人間には分からない匂いを嗅ぎ取って、僕らを区別していたとしても不思議はないよ」

そう説明する水溜明だが、その顔は少しがっかりしているようだ。

「それなら、仲良くなるために名前をつけてあげたらどう？」

茜さんの提案に、僕と水溜明は揃《そろ》って首を横に振った。

「名前なんてただの個体識別番号だよ。この場に猫は一匹しかいないんだから、この個体だけを指し示す名称をわざわざ付与する必要はない」

「そうだね、猫や野良猫と呼ぶだけで、この個体を示すことは明らかだ」

「はあ。あんたたちがいいなら、それでいいけど」

呆《あき》れたようにため息を吐《つ》いた茜さんは、帰りに買って来た猫缶のパックを床に置く。

それを見つけた野良猫は僕の腕からするりと抜け出し、早く開けて食わせろという顔で猫缶のパックを叩《たた》き始めた。ぺしぺし。

「こーら、ダメ。もう食べたでしょ。これは明日《あした》の分」

猫缶の山に興奮している野良猫をピシャリと一喝する。茜さんの面倒見の良さは野良猫にも発揮されている。

しかし、これまで己の思うがままに生きてきた野良猫が、今更人間の命令など聞くはずもなかった。しきりに繰り出した猫パンチが功を奏し、爪で猫缶の入った包装を破くことに成功する。

周囲に猫缶が散らばり、ころころと転がっていく。それを見た野良猫は野生の本能が刺激されたのか、まるでネズミを追いかけるように走り出した。

「ああ、もう、この子ってば！　分かった、一個、一個だけね！」

流石《さすが》の茜さんも、野良猫には勝てなかった。

野良猫の前足で弄《もてあそ》ばれる猫缶を手に取り、プルタブを引っ張って開けた。それを床に置くと、野良猫《のら》は我が意を得たりというしたり顔を突っ込んだ。

「すでに前途多難の匂いがしているんだけど」

水溜明《みずたまりあきら》の顔には、これからこの横暴な猫と暮らすことへの不安の色が浮かんでいた。

「ま、まあ、大丈夫でしょ。というか、あんたも世話する側の気持ちを一度くらい味わいなさい」

茜《あかね》さんは野良猫との生活は水溜明にとって良い薬になると考えているようだ。

その目論み《もくろ》の成功率は、僕の電子頭脳の演算力を以《も》ってしても弾《はじ》けそうにないが。

野良猫は実に美味《おい》しそうに猫缶を食べている。放課後の学校でも餌を貰《もら》っていたはずだが、まだ食べるのか。ずいぶん食欲旺盛だ。それとも空腹とは関係なく食べてしまうくらい美味しいのだろうか。

食欲が満たされてもなお、追い求めてしまう感覚。

美味しいと呼ばれるその感覚を、僕は知らない。

味覚を感知する機能がない以上、分かりようもない。

タイプライターを適当に叩《たた》く猿に無限の時間を与えれば、いつかはシェイクスピアの作品を打ち出すかもしれないけれど、僕に無限の時間があったところで美味しいと思える料理は作れない。

このままだと、どれだけ茜さんに教えてもらっても満足できるものは生まれない。

夢中になって食い散らかす野良猫の姿を見ているうちに、美味という感覚を自分も感じてみたいと思ってしまった。

その欲求を堪《こら》え切れず、水溜明に打ち明ける。

「僕に、味覚を感知するためのセンサーを取り付けてもらえないか」

「……君に味覚？　そんなもの必要ないだろ？」

水溜明が怪訝《けげん》そうな顔をした。

料理を勉強するため、とは言えない。

人間に嘘《うそ》をつくことはロボットの禁止事項に該当する。返答に窮《きゅう》していると、横から茜さんが助け舟を出してくれた。

「ほら、ロボ明君も学校でお昼を食べるでしょ？　味が分からないと、何の感想も言えないから周りから不自然に思われるの」

「元々僕は食べ物の味に執着してないから、別に問題はないと思うけど」

「あんたは知らないだろうけど、たまに料理部の子が余った手作りお菓子を配ることもあるのよ。その時、簡単な感想くらい言えなかったら不自然でしょ？　だからロボ明君にも味覚が分かるようにしてあげて」

「まあそれくらいなら出来ないこともないけど……」

水溜明は納得いかない顔で僕を見る。

「最近の君は猫を預かったり、味覚を得ようとしたりして少し変だな。今後はあまり不自然な行動はしないでくれよ。君の役割は僕の代わりなんだから」

水溜明《みずたまりあきら》の発言が胸に刺さる。

この胸の痛みはプログラムのエラーなのか？

ロボットは人間からの命令を受けて動いている。命令とはロボットを縛る鎖であると同時に、ロボットを動かすための糸でもある。だけど今の僕は、開発者である彼の意に反することをしていた。

水溜明ならば絶対にやらない行動を、僕は自分の意思で行っている。

僕は、自由のため鎖を引きちぎろうとあがく囚人であると同時に、自分に命を与えている糸を断ち切ろうとする操り人形でもあった。

「ロボ明君のことなら心配しないでよ。私たちがちゃんとフォローしているから」

そう言い放った茜《あかね》さんを水溜明は怪しむように見ていたが、やがて渋々頷《うなず》いた。

「茜さんがそこまで言うなら分かったよ。君に味覚センサーを取り付けよう。ただ、君を動かすプログラムの一部を書き換える必要もあるから、一旦シャットダウンさせてもらうよ。それでもいいいね」

「……ああ。大丈夫」

僕が頷くと、水溜明はポケットからスイッチが一つだけあるリモコンを取り出した。

それは僕がロボットであることの明確な証《あかし》、強制的に僕の電源をオフにするリモコン。

僕の意思では絶対に抗《あらが》うことはできない。命を握られていた。

「いつまでに出来そう？」

「今から頑張れば、明日《あした》の昼くらいかな」

　この納期に、茜さんは満足しないようだ。

「学校に遅刻するじゃない。そんなのダメ。朝までには何とかしなさいよ」

「……簡単に言ってくれるね」

「あんた、ソルトを開発した天才少年なんでしょ？　味覚機能を搭載するくらい簡単に作れるでしょ？」

　茜さんの煽《あお》りに、水溜明は乗せられる、
　ノートパソコンを開くと流れるようにキーボードを叩《たた》き、プログラムを作成し始める。

「分かったよ。何とかしてみる。昔、ソルトの料理技能を一流シェフレベルにまで向上させるプログラムを組んだことがあったから、それを流用すれば時間は大幅に短縮できるはずだ」

　やる気を見せ始めた水溜明の背中を、茜さんが応援するように叩いた。

「流石《さすが》明君ね。期待してる。それじゃあ、私はもう帰るから。あとはよろしくね。あ、夕飯は電子レンジで温めておくから、チンできたら食べてね」

「うん、バイバイ」

　水溜明は別れの挨拶をする茜さんを一瞥《いちべつ》すらせずに、適当な返事をする。

　そんな反応にはもう慣れっこなのだろう、茜さんはいちいち怒ることもなく、僕の方を向いて手を振った。

小さな笑み。明日《あした》の僕を少しだけ楽しみにしているような、そんな微笑《ほほえ》みだった。

「じゃ、ロボ明《あきら》君もお休み」

ああ、お休み。

僕も期待とともにそう言って手を振り返そうとした時、水溜《みずたまり》明の指が容赦なくスイッチを押した。

何の前触れもなく視界に帳《とばり》が降りる。

世界が暗闇に包まれた。

視覚や触覚、僕が世界を感知していた様々なセンサーの機能が停止した。それはまるで世界の終わりのようだったけど、現実に終了したのは僕の意識だ。世界は何も変わらずそこにある。ただ、僕が認識できないだけだ、
そして僕の意識は、そのまま無意識の暗闇に落ちていった。早くこの闇が明けることを願いながら。

第五章

1

「それじゃあ、いただきます」

茜《あかね》さんのその言葉に合わせて僕も復唱し、手を合わせた。

「いただきます」

今日も今日とて、放課後に料理部がクッキー作りで和気あいあいと盛り上がっている隅で、料理の練習をした。

今回挑戦したのは生姜《しょうが》焼きだ。こちらも料理初心者に定番とのこと。

僕は箸を手に取り、皿に盛りつけた生姜焼きを切り分けて口元に運んだ。

口の中で、薄い豚肉の繊維が優しく解《ほど》けた。醬油《しょうゆ》と砂糖を中心とした甘辛い味付けがじんわりと広がり、生姜の風味が微《かす》かに香る。

以前の僕ならば、投入された調味料の比率から味を類推することしかできなかった。だけど今の僕は違う。人間の味蕾《みらい》に相当するセンサーが口内に取り付けられており、食した物質を分子レベルで分析する。こうして甘味、苦味、酸味、塩味、うま味が数値化されることで、僕は味を理解できる。

分析によって得られた五つの味の数値を、味覚に関するビッグデータと比較することで、これが普遍的に美味《おい》しいとされる味なのかどうかを判定する。

「うん。美味しいよ」

隣で茜《あかね》さんが何度も頷《うなず》いている。

「おお、うめぇぞこれ」

テーブルを挟んだ前の席にいる邦人《くにひと》が、次々と生姜《しょうが》焼きを口に放り込んでいる。

邦人もバイトが休みなので、僕の料理の味見役になってもらっていた。今日は
「こっちのスープも優しい味で美味しいわね。でも、これは私教えてないレシピね？」

生姜焼きとは別に作っていたスープを飲んだ茜さんが言う。

「うん、これは僕のオリジナルというか、唯一覚えていた料理だから」

「へぇ、そうなの？」

「うーん、俺的にはもっと塩気があった方が嬉《うれ》しいな」

邦人も続けてスープを飲み、正直な感想を言ってくれる。

それでも構わない。僕にとって、このスープを再現することが目的だったから。むしろ、
味が薄く感じたのであれば、僕がちゃんと再現できたことの証明になる。

二人からの評価は上々だ。さて、僕の味覚センサーの判定は……。

「よし。これは統計学的に美味しい味だ」

僕は結果に満足する。

しかし茜さんは箸の動きを止めると首を傾《かし》げた。

「うーん、そういう感想って、なんか変じゃない？」

「茜さんの口に合わなかった？」

「いや、そういうわけじゃなくて、料理はすごく美味しくできてるよ。でもロボ明《あきら》君の言う『美味しい』は、大勢が認めているかどうかの判定でしょ。それって単なる多数決じゃん。でも、美味しいかって、普通は自分で決めるものじゃない？」

茜さんの意見に、邦人も口を動かしながら同意する。

「あー、それはその通りだな。周りの奴《やつ》らからは不評だけど、自分にとっては美味《うま》く感じる味ってあるよな」

「そうそう。私には理解できないけど、世の中には目玉焼きにマヨネーズをかける人もいるし」

「おい待て、目玉焼きにマヨは常識だろ」

茜さんの言葉に、邦人が箸を机に叩《たた》きつけて食いかかった。

そんな邦人を見つめる茜さんの目は冷たい。

「はあ、あり得ないんですけど。マヨネーズの原料が何だか知ってる？　卵に卵をかけてどうすんのよ」

「そういう理屈は関係ねえだろ、美味いもんは美味いんだから」

たかが目玉焼きにかける調味料のことで二人とも大真面目《まじめ》に言い合っている。こういう下らないことでも真剣に議論できるのは人間の特権だ。僕からすれば、目玉焼きにかけるものは醬油《しょうゆ》だろうが、ソースだろうが、マヨネーズだろうが、栄養価以外に大きな違いはないように思える。

でも僕のそういう考え方が、料理を作る姿勢として相応《ふさわ》しくないのかもしれない。

僕はもう一度、自分の作った生姜《しょうが》焼きを食べてみる。

うん、味は理解できる。

だけど自分自身では、これが美味《おい》しいものという判断ができない。結局、統計的なデータを判断基準にするしかない。

だけど、それは美味しさの判断として、普通ではないらしい。

「二人とも、どうやって美味しいを学んだの？　何を美味しいって感じるの？　美味しいの定義って何なの？」

目玉焼きに必須の調味料についていがみ合っていた二人は、ようやく僕の方を向いた。

「どうやって、って言われてもな」

「難しいわね」

二人は困った顔を見合わせる。

「僕にも、生物学的な観点で美味しいを理解することはできるんだ。生きるために必要な栄養素をより多く摂取するために、その栄養素の味を美味しいと感じるようになった。糖分は甘味として、ミネラルは塩味として、生存に必要なものだから美味しいと感じている。だけど、人間が美味しいものを求める目的は、生存のためだけじゃない。そこが僕には不思議なんだ」

「……俺は、そんな真剣に美味しさについて考えたことねえから、お前の疑問に答えられねえよ」

邦人《くにひと》は半分呆《あき》れたような顔をしている。

どうやったら分かりやすく伝えられるだろう。僕は言葉を選びつつ話をつづけた。

「普遍的な美味しさと、個人的な美味しさは明確に違う。前者は生物学的なものに支えられているのは分かるけど、後者の理由は全く分からないんだ。邦人は、どうして目玉焼きにマヨネーズをかけるようになったの？　ネットで調べると、マヨネーズ派はマイノリティみたいだけど」

「えーっと、なんでだっけなぁ？」

「家族がそうしてたから、とかじゃないの？」

考え込む邦人に茜《あかね》さんが言う。

「いや、うちの親は醤油派だったな。うーん、ちゃんと覚えてないけど、たまたま食卓の醤油が切れてて、とりあえず何かかけようと思って近くにあったマヨネーズをかけたら、意外と美味しくてハマったって感じか」

そのエピソードを聞いた茜さんが、僅かに身体《からだ》を引いて邦人から距離を取った。

「うわ、同じ状況になったとしても、私はマヨネーズだけはかけないわね」

「うるせえよ。お前には一生あの美味《うま》さはわかんねえだろうな」

二人の間で二度目の戦火が上がるのを防ぐために、僕は仮説を披露してみる。

「なるほど、意外性か。確かに人間は想定とは異なる反応があった時ほど、そのことが強く印象付けられる。邦人《くにひと》の場合も、想定外のマヨネーズという意外性が記憶に深く刻み込まれたのかもしれない。そう考えると、美味《おい》しさは過去の体験と紐《ひも》づいていると言えるのかもしれないね」

だが、二人の反応は芳《かんば》しくない。納得できないのではなく、呆《あき》れているようだ。

「目玉焼きに何をかけるのかで、そんな深い考察をしたことねえよ」

「同じく。まあ、記憶というか、思い出補正みたいなのはあるかもしれないけどね。小さい頃から食べ慣れている家庭の味は、やっぱり美味しいというか、安心感があるなって思うし」

「それはあるな。小学生の頃、友達《ともだち》の家で夕飯を食べた時とか、同じ料理のはずなのに自分の家の味と違ってて、なーんかしっくり来ないこととかあったし」

「分かる分かる。味噌汁の具が違ってたりとかね」

茜《あかね》さんが強く頷《うなず》いている。

二人にとっては共感できる出来事なのだろうが、僕にはさっぱり分からなかった。水溜《みずたまり》明《あきら》の記憶にも、幼い頃に友達の家に行った経験がなかった。

「私にもそういう経験あるなぁ。友達の家の味噌汁に玉ねぎが入っててびっくりしたよ」

突然、僕ら三人以外の声が、いい匂いを伴ってやってきた。

現れたのは、料理部で僕らのクラスメイトの女子生徒だ。作り立てのクッキーを載せた皿を持っている。いい匂いの源流はこれのようだ。

「はいこれ。ついさっき出来たばかりなの。よかったら食べて」

テーブルに置かれたクッキーは、ほのかな湯気を上らせて焼きたてであることをアピールしていた。

「おお、美味《うま》そうだな！」

生姜《しょうが》焼きを平らげた邦人が早速手を伸ばす。

「はい、水溜君も。砂糖少なめで、代わりにシナモンを塗《まぶ》しているから、甘いのが苦手な人でも美味しく食べられると思うよ」

料理部のクラスメイトに促されて、僕もクッキーを一枚摘《つま》んだ。

「ありがとう。いただきます」

カリッと小気味よい音を立てて砕けたクッキーは、確かに甘さ控えめだった。鼻を抜ける香ばしいシナモンの匂いが、人間であれば食欲増進効果をもたらしただろう。

「うん、美味しいよ」

「ありがとう。えへへ、水溜君に褒められるのってなんか、照れちゃうね」

「え、どうして？」

僕とそれ以外の人の誉《ほ》め言葉に違いがあるとは思えない。むしろ料理素人の僕の感想など、大して価値がないはず。

「だって水溜《みずたまり》君はすごく正直というか、気を遣わない人ってイメージがあるから。こういう時の感想はお世辞じゃないって感じがするんだよね。……あ、別に貶《けな》してるわけじゃないからね。それはすごくいいことだと思うよ。それに、最近の水溜君はすごく親しみやすくなっててちょっと嬉《うれ》しいし」

「親しみやすい？」

意外な人物評に困惑する。

そんなの僕の人格の元になった水溜明《あきら》でさえ、これまでの人生で一度として言われたことがない。

だけど彼女の微笑《ほほえ》みは、嘘《うそ》を言っているようには見えなかった。

「うん。だって、水溜君ってロボットの発明とか研究とかにしか興味がないって思ってたもん。それなのに最近はなんか明るくなった感じがして、私は今の方が好きだよ」

「…………あ、ありがとう」

なぜか、頬《ほお》が熱くなり、彼女の顔をまともに見れなくなった。

「あはは、水溜君でも照れるんだね」

「か、からかうのはやめてよ。せっかくこの前の約束のアレ、もってきてあげたのに」

僕が言い返すと、彼女はあっと息を呑《の》む。

「ごめんごめん。もう笑ったりしないから。お願い、見せて！」

両手を合わせて拝み倒される。

「約束って？」

僕らのやり取りを眺めていた茜《あかね》さんが首を傾《かし》げる。

「実は、この前、水溜君にお願いしていたことがあって……」

まあ、仕返しはこれくらいにしておこう。

僕はポケットからスマホを取り出し、録画しておいた動画データを再生する。

そこには、現在水溜明の家で飼われている野良《のら》猫の姿が映っていた。

「うわあ、ありがとう！　よかった、元気そうにしてる」

聞いた話によると、彼女を始めとする料理部の面々は、これまで野良猫に餌を用意して可愛《かわい》がっていたらしい。ただそんな彼女たちでさえ、一度として触れることを許されなかったようだ。あの野良猫のふてぶてしさには、もはや言葉もない。

「元気どころか、いっつも部屋中を走り回っては、壁や床のあちこちに引《ひ》っ掻《か》き傷《きず》を作るから困ってるくらいだよ」

とはいえ、主に苦労しているのは僕ではなく水溜明の方だが。

「あれ、これって学校に遊びに来てた野良猫だよね？　最近見かけなくなったと思ったら、水溜君の家にいたんだ」

「だけど、近いうちに保護団体に預けられちゃうんだってさ」

他の料理部員も集まって、野良猫の動画を眺めている。野良猫の事情を知った生徒たちは口々に残念がっていた。

「でも、この猫ちゃんのためにも、ちゃんとした人のところでお世話してもらった方がいいもん。寂しいけど、仕方ないよね」

　自分を納得させるように話しているが、その視線は僕のスマホ画面に向いたままなかなか離れようとしない。

　このままだと僕のスマホは料理部から返ってきそうにない。

「この動画データ、欲しい人がいるならあげるよ。これがあれば、離れ離れになっても少しは寂しさを紛らわせられるよね。それと預かってもらう保護団体の住所も聞いてある。もし会いたかったらいつでも遊びに行っていいってさ」

　その提案に、料理部の皆は親鳥から餌を貰《もら》おうとする小鳥の群れのように歓声を上げ、次々と挙手をした。

「ホントに？　ありがとう！」

「私も欲しい！」

「どうする？　来週あたり、皆で行っちゃう？」

「やっぱり、水溜《みずたまり》君優しくなったね」

　これまでほとんど接点のなかった人たちに取り囲まれ、口々に感謝される。

　僕自身も、そして水溜明《あきら》でも経験したことのなかった状況に困惑する。

　口元を意識しないと笑みが零《こぼ》れてしまいそうだった。

2

「ロボ明君、いいことしたじゃん。料理部の皆、喜んでたよ」

校舎を後にして僕ら三人が帰路についていると、隣を歩く茜《あかね》さんが肩を叩《たた》いて褒めてくれた。触れられた肩が何だかこそばゆい。

「ほんとほんと、明の野郎だったら絶対にできない気遣いだよな」

後ろを歩く邦人《くにひと》の声も、僕をくすぐる。

「別に僕は……」

「素直に喜んでおきなよ。ロボ明君が明君とは違うって皆が認めた証《あかし》なんだから」

水溜明は前と変わった、周りの人たちの誰もが口を揃《そろ》えて言ったのは事実だ。僕は水溜明らしく振舞うのではなく、自分でやりたいと思ったことをやってきた。それが、周りにも伝わっているということだ。

ということは、僕は僕自身をちゃんと作れているのだろうか。

その割には、まだ自分でも満足できる料理はできていないけど。

「それじゃ、手間のかかる方の明の様子を、さっさと見に行ってやるとするか」

「野良《のら》猫の世話、ちゃんとできてるかしらね、あいつ」

茜さんも邦人も、気ままな野良猫に振り回されている水溜明の姿を想像して面白がっている。

「んで、ロボ明《あきら》はいつになったら、あいつに料理を作ってやるんだ？　正直、もう十分美味《うま》い料理が作れるんだから、これ以上練習する必要なんてないと思うぞ」

「……そうなのかな、まだ何かが足りないと思っているんだけど」

僕は自分の両手に視線を落とす。

人間の手のように見えるけど、中身はソルトの手を改造して作られた機械の手だ。その気になれば人間にはできない繊細な動きをさせることもできる。

そんな先端技術による両手だけど、料理を作るうえで必須のスキルが欠けているように感じてしまう。

「ロボ明君が心配な気持ちも分かるけど、それだといつまで経《た》っても作れないままじゃない？　私も最初は自信なんて全然なかったし、実際、今のロボ明君よりもはるかに下手だったよ」

二人の励ましはとてもありがたい。

単純に味を再現するだけならば、今の僕にもできるとは思う。

でも、それではやはり足りない気もする。レシピ通りの料理を作ることは、ソルトにだって可能だ。

でも、茜《あかね》さんが作った料理とソルトの料理は同じとは呼べない。少なくとも、今の僕にはその違いが分かる。

「ごめん。二人の応援は嬉《うれ》しいんだけど。もう少しだけ、練習させてほしいんだ。今の僕が料理を作ったとしても、たぶん、水溜明《みずたまり》にはソルトの料理との違いが分からないと思う。僕はもう少しだけ人間の料理に近づきたい。だからまだ待ってほしい」

背中を押してくれる二人に申し訳なくて頭を下げる。

すぐに邦人《くにひと》の朗らかな返事があった。

「ロボ明がまだ早いって思うならそれでもいいんじゃねえの。俺も、別に無理して作れとは言わねえよ」

「私も同意見。ま、料理作ったことのないあんたが、ロボ明君に偉そうなこと言える立場じゃないと思うけど」

「ぐ。俺だって、ファミレスで料理ぐらいしてるだろ。……まあ、会社のマニュアルに従っているだけだけど」

邦人がそう弱弱しく言い返した時、スマホのアラーム音が鳴った。着信音だ。

「あれ、バイト先から？　俺、今日シフト入ってねえんだけど」

スマホを取り出した邦人が、ディスプレイに表示された連絡先を見て驚く。

「はい、もしもし？」

電話に出た邦人の表情が、話すたびにどんどん深刻になっていく。

「げ、マジですか？　今から？　まあ、走って五分くらいのとこに居ますけど……。はい、はい。……分かりました、行きます」

電話を終えた邦人は僕たちに向き直って、手を合わせた。

「悪い、今からバイト行ってくるわ。明《あきら》の家に行くのはまた今度にする」

「え、なんで？　あんた今日休みでしょ」

「今日のシフトだったバイトの先輩が、急な風邪で来れなくなったんだって。んで、どうしてもキッチンの人手が足りないから今から入ってほしいって連絡があった。まあ、仕方ねえから行ってくる」

「ええ、それにしたって、なんであんたが……」

意外そうな顔をしていた茜《あかね》さんだが、やがて「ははーん」と何かを理解したかのようににやりと笑った。

「そっか。先輩のピンチヒッターで入ることで、好感度を稼いでおきたいってことね」

その瞬間、邦人《くにひと》の顔が真っ赤に染まった。

「ばか、違《ちげ》ぇから。俺はこう見えて、バイト先への奉仕精神に溢《あふ》れてんの」

「はいはい。分かったから、さっさと行ってきなさい」

茜さんが全てを悟ったような顔をして、邦人をこの場から追い払うようにしっしっと手を振った。

「くっそ、お前が考えているのとは違うからな！」

邦人は最後まで悔しそうな顔でこちらを見ながら、バイト先のファミレスに向かって走って行った。

「やれやれ。これがきっかけで、少しは先輩とお近づきになれるかしらね」

「バイト先の先輩と邦人に何か関係があるの？」

尋ねると、茜さんが白い歯を見せて笑った。

「あいつ、先輩に気があんのよ。だから何度かデートしようと誘ってるけど、今まで全然相手にされてないんだって。だから、先輩が休んだ代わりにシフトに入って、ポイントを稼いでおきたいんでしょ」

「ポイントを稼ぐ？」

「つまり、仲良くなれるってことよ」

「ふーん、邦人がね」

小さくなっていく邦人の背中を見送りながら、彼の恋慕が叶《かな》うことを願った。

「そうだ。先輩が風邪ひいてるなら、お見舞いにも行ったらより効果的ね。あとでアドバイスしてあげようかな」

茜さんはなんだか楽しそうだ。

それを聞いて、僕はふと思い出す。

「……そう言えば、水溜明《みずたまり》も風邪をひいた茜さんを看病したことがあったよね」

「う、ロボ明君もそのこと知ってるの？」

さっきまでの笑みが引っ込んで、気まずそうな顔に変わった。

「僕には水溜明の記憶がインプットされているからね」

「はあ。じゃあ、仕方ないか。……そうね。そんなこともあったわね。我ながら無茶《むちゃ》したと思う。あの時、熱があると分かってたのに、明《あきら》君に夕飯を作りに行かなくちゃってそればっかり考えてた。それなのに逆に明君には迷惑かけちゃって、はあ、失敗したなぁ」

当時のことを思い出して、深くため息を吐《つ》いている。

「じゃあその時、水溜《みずたまり》明は茜《あかね》さんのポイントを稼いだわけだ」

「な、ななな！　何を言ってるの、ロボ明君！」

夕日を浴びていても分かるくらい、茜さんは赤面する。

「だって、風邪のお見舞いをしたらたくさんポイントを稼げるんでしょ？」

「いや、まあ、それはそうだけど。あくまで一般論であって、別に私もそうだというわけじゃなくて、大体、私はあいつにちょっと看病してもらっただけで、そんなのいつも私が面倒を見ていることに比べたら、全然大したことないし」

言い訳をゴニョゴニョと続けているが、どんどん声が小さくなっていくので、僕の聴覚センサーでなければ聞き取れなかっただろう。

「まあ、そんなことはどうでもいいんだけど」

「ど、どうでもいいって何よ？」

なんでちょっと怒ってるんだろう。そんなに言い訳を聞いてほしかったのか？

「それとは別に聞きたいことがあるんだ。あの時、水溜明は茜さんにおかゆを作ってあげたよね。砂糖と塩を間違えて、水の分量も少なすぎたせいで米に芯が残っていた、あのおかゆのこと、覚えてる？」

「あー、あったわね。そんなこと」

　茜さんは苦笑いをする。

「あれは客観的にも主観的にも、美味《おい》しいとは言えない出来だった。作った水溜明自身、失敗作と認めているくらいだ。その時の記憶は、僕の中にもしっかり刻み込まれている」

「そうね。おかゆとしては、まあ、失敗かもね」

　僕に同意して頷《うなず》く。

「それなのに、あの時の茜さんは美味しいって言ってたよね。水溜明を気遣っているように見えなかったし、ちゃんと完食していた。それはどうして？」

　おかゆを食べ終えて、空っぽのお椀《わん》を水溜明に向けた時の茜さんの表情と言葉は、本心の表れだったと思う。

「うん、だって、本当に美味しいと思ったから」

　今の茜さんも、あの時と同じ表情をしていた。

「明君が私のために慣れない料理をしてくれたんだから、美味しくないわけないでしょ。あの時のおかゆには、明君なりに私への気遣いとか心配が込められていると感じたの。すごく不器用だったけど、でもそういうのを全部ひっくるめて美味しいって思えた」

　茜さんは当時食べたおかゆの味を思い返そうとするように、静かに胸に手を置き、まぶたを閉じた。どう考えても美味しいとは言えないはずの料理に、思いを馳《は》せているのが分かった。

「私にとって、あのおかゆは、世界一美味《おい》しいおかゆだったよ」

ずっと大切にしている自分だけの宝箱を開けて、懐かしんでいるような、穏やかな表情だった。

その言葉は、茜《あかね》さんにとって大袈裟《おおげさ》ではないのだろう。

僕にもようやく分かったような気がする。

人間にとっての料理とは、ただの栄養補給手段ではない。コミュニケーションの一環なんだ。料理を作る際には、そこに何らかの意味を込めている。食べる側はそれを食事の時に開封して、味と共に読み取っているんだ。

だから、料理そのものの味とは関係なく、美味しいと感じることもある。

何か意味や伝えたいことを込めて、人は料理を作りあげる。

それじゃあ、僕は、料理に何を込めたいのだろう。

自分を作るのは自分自身であるように、僕が作る料理にも僕自身の思いを込めなくてはならない。そうでなくては、人間のような料理にはならない。僕が自分の料理にずっと不足していると感じていたものは、きっとこれだ。

なら、僕が水溜明《みずたまりあきら》に伝えたいこと、とは何か。

視線を空に向けて、考えてみる。

夕焼けから夜空に変わろうとしている。茜色から紺色に。二色の合間、グラデーションの中に、小さく光る一番星が見えた。

それと同時に、答えに辿《たど》り着《つ》いたような気がした。

再び茜さんに向き直り、宣言する。

「茜さん。僕、水溜明に料理を作ってみるよ」

3

「あれ、茜さんの捻挫はもう治ったの？」

帰宅した際に、僕らが持ち込んだ荷物を見て水溜明が首を傾《かし》げた。

僕は足元に縋《すが》り寄ってきた野良猫《のら》を踏まないように注意して歩きつつ、スーパーのロゴが入った袋をキッチンに運び入れる。袋からは長ネギの先端やダイコンが顔を出しており、食材が詰まっていることが分かる。それを見た水溜明は、今日は茜さんが料理するものだと勘違いしたのだろう。

「ううん。だいぶ動かせるようにはなったけど、あと数日は安静にしておくつもり」

「それじゃあ、なんでこんなに買い物を？」

「はいはーい。猫ちゃんもロボ明君の邪魔にならないように、キッチンから出ましょうね」

茜さんは水溜明の質問には答えず、彼と野良猫をリビングの方に追いやる。

「それより、あんたは猫ちゃんと仲良くできてるの？」

「まあね。所詮こいつは猫だ、僕の頭脳をもってすれば、手なずけるのも容易《たやす》い。もうこいつは僕の言いなりだよ。ほら、これは自動走行猫じゃらし機だ」

自信満々に言い放つ水溜明《みずたまりあきら》の手には、二輪のタイヤが付いたドーム型の本体と、その頭部から釣り竿《ざお》のように伸びた猫じゃらしを垂らす機械があった。まるでチョウチンアンコウのような形状だ。スイッチを入れると、二輪のタイヤを動かしながら床を走り回り、頭から垂らした猫じゃらしを上下左右に振り始める。

「ふにゃにゃ」

野良《のら》猫は即座にそれに反応し、猫じゃらし機を追いかけまわす。後ろ足で床を蹴って、勢いよくジャンプするも、猫じゃらしはそれよりもさらに上に持ち上がった。猫の前足は空振りする。

「この猫じゃらし機の設定は完璧に調整されている。猫が興味を持って追いかけるくらいのスピードで逃げ、捕まえられそうな範囲で猫じゃらしを振る。だけど、絶対に捕まらないようになっているから、猫は永遠に追いかけ続けるしかないんだ」

「まあ、あんたにしては割とまともな発明よね」

ちょっと感心したように何度も頷《うなず》く茜《あかね》さん。

「ちなみに自動でキャットフードが出てくる機能を取り付けてある。これで猫の世話は完全に機械任せにできる。もう人間の飼い主が遊んだり、餌を与える必要なんてないんだ」

「……そこまで行くとペットを飼っている意味がなくならない？」

水溜明の言葉を体現するように、野良猫から逃げている猫じゃらし機は背面から粒状のキャットフードを排出する。その様子は、傍《はた》から見ると地上を走るチョウチンアンコウが糞《ふん》を落としているようでもある。

だが、野良猫の方は気にせずに、猫じゃらし機から転がり出たキャットフードを次々に食していく。

「別に僕は猫を飼いたいわけじゃないからいいんだ。お陰で、僕は研究に集中できるようになった」

「まあ、喧嘩《けんか》してないならいいんだけど。でも、明後日《あさって》には保護団体の職員さんに引き渡しちゃうんだから、せっかくだしもうちょっと仲良くなってもいいんじゃない？」

ノートパソコンを広げて自分の世界に入ろうとする水溜明に、茜さんが提案する。

「嫌だね。僕と仲良くする気もない猫に、どうして僕の方から歩み寄らなくちゃいけないんだ」

「ったく。ロボ明君にはあんなに懐いてるのにね」

「それはそうと、そのロボ明はキッチンに残って何をしているんだ？」

「ふふ、あんたはここで待ってなさい」

「うん？」

茜さんの言葉の意味が分からずに水溜明は首を傾《かし》げたが、すぐに彼の興味は自身の研究に移り、ノートパソコンに視線を注ぐ。

リビングからキーボードを叩《たた》く音が聞こえ始めたところで、僕は料理を始める。

今日、作るのは大したものじゃない。これまで茜《あかね》さんが水溜明《みずたまりあきら》に作った料理を、そのレシピ通りに作るだけだ。

ただ、自分らしくそれを作ろうと思っている。

人間の料理とは作り手の意思やメッセージが込められているもので、コミュニケーションの一種だというのなら、僕もそれに倣おう。

僕が、開発者である水溜明に伝えたいこと。

僕が料理を作るのは、水溜明を驚かせたいわけでも、彼とは別の存在だと宣戦布告したいわけでもなかった。

ただ、純粋な、メッセージを。

そして、もう一人。

この場に、僕の料理を食べて欲しい人がいる。

彼女への、僕の気持ちを作ろう。

手順は全て頭の中に入っていた。茜さんが料理を作る光景は、ストレージにアクセスする必要もないくらい、僕の中に明確に焼き付いている。その彼女の動きを真似《まね》するだけでよかった。

ひたすらキッチンの中で、手を動かす。

完成に近づき、いい匂いがキッチンに立ち込めて、溢《あふ》れ出《だ》す。

「……あれ、今、誰が料理してるの?」

ずっと研究に没頭していた水溜明が、その匂いを嗅いでようやく気付いたようだ。すぐ隣で野良猫《のら》を見守っている茜さんの姿を認める。

「さあ、私じゃないけど？」

からかうように笑った茜さんを見て、水溜明はますます困惑している。

「もしかして、ロボ明、お前が？」

信じられないという顔でキッチンに入ってきた水溜明に、静かに笑みを返す。

「まあね」

「どうして、こんなことを？」

「しばらくの間、茜さんが料理を作れないから僕が代わってあげようと思ってね。大丈夫、ちゃんと練習はしてあるから、ちゃんと食べられる料理になるよ」

「いや、でも、そんなこと。僕の人格を受け継いだ君が、料理をするなんて」

「おかしなことかな？」

「少なくとも、僕ならこんなことはしない。わざわざ料理を作るなんて……」

そこから先が言葉にならないくらい驚いている。

僕は得意げな顔にならないように耐えて言う。

「とにかく、料理ができるまでもうちょっと待っててよ」

「……」

驚いた表情で顔を固めたままリビングに戻っていく水溜明の姿は傑作だった。

「ロボ明君《あきら》の料理を待ってましょう」

「あはは。そうだね。二人で、ロボ明君の料理を待ってましょう」

二人の会話を聞きながら、僕の心が少しだけ浮ついているのを感じた。

「ロボ明君、完成した料理からお皿に盛り付けておくね」

「うん、ありがとう。助かるよ」

流石《さすが》、茜さんは絶好のタイミングで手伝いに来てくれた。

「へえ、揚げ物も作ってるんだね。すごいじゃん」

すでに出来上がっている酢の物やホウレン草のお浸しなどの小鉢料理を盛り付けていた茜さんが、鍋で揚げ物用の油を熱する僕に言った。

「メインは唐揚げにしようと思ってね」

ボウルの中で調味液に漬け込まれている鶏肉《とりにく》を見せつつ答える。

「揚げたての唐揚げって美味《おい》しいもんね。楽しみ。じゃあ、鍋の火は私が見ているから、これ運んで行ったら？　明君の驚く顔を間近で見に行きなよ」

茜さんは悪戯《いたずら》っぽく笑うと、三人分の小鉢が載った配膳用のお盆を軽く持ち上げる。

「そうだね、じゃあ、お言葉に甘えて」

コンロの前を茜さんに明け渡して、僕は小鉢料理をリビングに運ぶ。

そこでは、相変わらず困惑した表情の水溜明《みずたまり》が待っていた。

「まだ前菜だから。今メインの揚げ物の準備をしてるから、これを先に食べながら待ってててよ」

「……本当に、全部、君が作ったの？」

水溜明は自分の前に並べられる料理を眺めて、半信半疑な顔をする。

「一応ね」

「そうか、味覚センサーを要望していたのは、このためだったのか。……じゃあ、今の君に、水溜明という自覚はあるの？」

率直に問われ、僕は自分自身を肯定するように、力強く首を横に振った。

「違う。僕には確かに水溜明の記憶はあるけど、僕は君じゃない。それに気づいたのはつい最近のことだけど、今なら、はっきりとそう言えるよ」

水溜明の目が、まるで幽霊でも見たかのように大きく見開かれる。

「……なるほど、本気で水溜明じゃないと主張するのか。それもそうか。僕だったら、料理なんか絶対にしないし、野良猫《のら》を預かることもしない。君が水溜明になれなかった、ということは……」

小さくため息を吐《つ》いた水溜明は、自嘲するように笑って頭の後ろを掻《か》いた。

「僕はまた、失敗したわけだ」

自分の分身を作ろうとした水溜明にとっては、確かに僕は失敗だったかもしれない。

だけど、僕がこの料理で伝えたいのは、そんなことじゃない。

お前は失敗したんだと、そんなつまらない宣告をするためじゃない。

それを彼に教えるために、僕は料理をしているんだ。

落ち込んでいる水溜明《みずたまりあきら》を見下ろしながら、慰めるために囁《ささや》いた。

「もう少しだけ待ってて。美味《おい》しい料理を持ってくるから」

同じ顔、同じ姿、同じ記憶を持っているのに、あまりにも似合わないセリフを吐いたためだろう、僕を見上げる水溜明はキョトンとしている。

キッチンに戻ろうとした僕の視界に、猫じゃらし機をリビングの角まで追い詰めた野良《のら》猫の姿が映った。

これまでギリギリのところで回避され続けていたのに、完全に捉える一歩手前まで来ている。すごい成長だ。

どうやら追いかけまわすうちに、機械の動きの法則性を見抜いたようだ。狩猟本能を発揮した野良猫が見事にルートを誘導し、逃げ場のない場所まで追いやったのだろう。

「……そうか。僕は、絶対に捕まらない猫じゃらし機の開発も失敗したのか」

その様子を見た水溜明がさらにネガティブになっている。この状態になった時の水溜明は非常に面倒くさいことを僕は知っていた。

やれやれ、彼のメンタルを回復させるためにも、早く料理を持ってきてあげよう。

「ふしゃあ！」

止《とど》めを刺そうと、勢いよく雄叫《おたけ》びをあげた野良猫が飛び掛かる。

肉薄する野良猫を感知した猫じゃらし機は、規定されたプログラム通りにその場から後退しようとするが、退路は壁に阻まれている。

その場から逃げなければならないというプログラムと、その場から動けないという現実。この矛盾が、機械の論理回路に致命的なエラーを引き起こしたことは想像に難《かた》くない。

結果として、猫じゃらし機はピーピーとエラー音を鳴き声のようにあげるばかりで、落下してくる野良猫をどうすることもできなかった。

ガシャンッと大きな物音が響き渡る。

「ちょっと、何の音?」

キッチンで鍋の火を見ている茜《あかね》さんから声が飛んでくる。

「大丈夫だよ。野良猫の野生が勝利しただけ」

僕は端的に結果を伝えた。

「ふにゃあ」

猫じゃらし機の上にのしかかった野良猫は、勝ち誇るように鳴いている。

だが、野良猫はいつまでも勝利の美酒に酔うことはできなかった。

猫じゃらし機はガーガーピーピーと電子音の叫び声を上げると、猛スピードで走り出した。野良猫の落下により機械が壊れたのか、もしくは水溜明の設計が最初から甘かったせいなのか。理由は分からないが、猫じゃらし機は乗っていた野良猫を振り落とす勢いで爆走すると、背後の壁に正面衝突をした。

しかもそれだけでは終わらない。すぐさま反転し、今度は反対方向へと走り出して、壁に激突するまで直進した。

四方の壁にぶつかっては反転を繰り返す猫じゃらし機は、まるでビリヤード台の中で跳ね返り続けるボールのようだった。

流石《さすが》にこれは異常事態だ。急いで水溜明《みずたまりあきら》に呼びかける。

「き、君の発明品だろ、何とかしろ！」

「こんな動きは僕も想定してないよ」

返答した水溜明は投げやりだ。

僕らと野良《のら》猫が手をこまねているうちに、猫じゃらし機はついにキッチンへと飛び出してしまった。

その瞬間、嫌な予感が脳裏を過《よぎ》り、僕はその直感に急《せ》かされるように走り出す。

遅れてキッチンに入った僕はすぐに叫んだ。

「茜《あかね》さん、危ない！」

予測は現実のものになる。

暴走した猫じゃらし機はスピードを落とすことなく、弾丸のように突き進んでいた。その向かう先には、コンロの前に立つ茜さんがいた。

茜さんは僕の声に気づいてこちらを向き、迫りくる猫じゃらし機の存在を視認したものの、咄嗟《とっさ》に避《よ》けるほどの反応速度は人間には備わっていない。

「きゃあ！」

猫じゃらし機は茜さんのくるぶし辺りに衝突する。その時に発生した物理学的エネルギーは人間一人を転倒させるには十分すぎた。

ただその場でふらついて倒れる。それだけならよかった。

茜さんのすぐ前に、煮えたぎる油で満たされた鍋さえなければ。

バランスを崩した人間は、反射的に何かを掴《つか》もうと手を伸ばしてしまう。茜さんの手も空を彷徨《さまよ》い、そして、コンロの上の鍋の取っ手に触れてしまった。

大きく傾いた鍋から、高温の油が周囲にまき散らされる。尻餅をついた茜さんの頭上から、覆いかぶさるように落ちてくる油のベール。

それから先の出来事は、僕はスローモーションのように知覚できた。

僕は自分自身にも分からないほどの速さで駆けつけて、茜さんを突き飛ばした。それから一秒も時間を置かないうちに、僕の顔面に油がかかった。揚げ物をした時と全く同じ、ジュウという音が聴覚を打つ。それから遅れて、僕の皮膚と外装が溶ける臭いがした。工業製品が燃えた時に出るあの悪臭を感じた。

「ろ、ロボ明君！」

「来ちゃダメだ」

駆け寄ろうとした茜さんを制止する。

飛び散った油を吸収した布巾やキッチンペーパーに、コンロの火と熱で引火していた。

すでにコンロの上では、赤と橙の炎が躍《だいだい》っている。人間が近寄るには危険すぎる状況だ。

そして火の手は、油を浴びた僕にも伸びる。あっという間に髪の毛やシャツにまで燃え広がり、僕の全身を包み込もうとしていた。

そして視界には、目の前の火災とは別の危険性も示される。

視界の隅に浮かんだ赤いウィンドウは、僕に警告を発している。周囲の状況が機械の耐熱温度を超えていると、しきりに訴えている。

人間の生存本能に代わるもの。僕の中に眠っていた、ロボットのシステムが騒ぎ立てているんだ。

すでに人工皮膚は溶けて、骨格が露《あら》わになっている。高温で熱せられた内部の精密機器も機能不全を起こしていく。

僕に痛覚はない。熱も感じない。その代わりに、ウィンドウが沸騰《ふっとう》したお湯に浮かぶ無数の泡のように次々と現れて、視界を埋め尽くす。

頭の中では、まるで激しく波打つ心電図のように、ピーピーという無機質な警告音が繰り返し鳴っている。

うるさい、黙っていろ。

逃げ出すという選択肢はなかった。

こういう状況こそ、ロボットであることを最も活《い》かせるのだから。

人間には出来ないことを、僕はできる。それが僕の役割だ。

燃えている衣服をキッチンの炎の中に脱ぎ捨てると、すぐに足元の戸棚から家庭用の消化器を取り出して消火を行った。噴霧された真っ白な消火剤が、キッチンや燃えていた僕の衣服を覆い隠していく。

消火器の中身が空になるまで噴射し終えた時には、先ほどまでの炎は最初からなかったように消えていた。

うん、完全に消火できた。大事にならなくてよかった。

「ろ、ロボ明君《あきらくん》？　大丈夫？　ごめんなさい、私のせいで」

駆け寄ってきた茜《あかね》さんが僕を心配そうに見ている。

「これくらい全然、大丈夫だよ。僕はロボットだから平気」

ああ、でも残念だ。茜さんの顔がよく見えない。熱のせいで、視覚センサーが壊れてしまったらしい。ノイズ交じりの映像しか、今の僕には見えない。

止《や》まない警告音のせいで、茜さんの声もよく聞こえない。

消防活動用に設計されていない僕の身体《からだ》は、先ほどの小火《ぼや》の熱でさえ耐えられないようだ。どうやら視覚センサーだけじゃなかった。僕を構成していた、体内の様々な部品が破損してしまっている。

茜さんには強がってみたけど、ちょっとダメみたいだ。

全身から力が抜ける。僕の自立を支えていた様々な部品が、断末魔の悲鳴をあげながら壊れていく。

僕は意識すら保てなくなり、暗闇に身を委ねた。

4

「耐熱温度はとっくに超えていたのに、よくあそこまで活動できたものね」

闇の中から声がした。

聞きなれない女性の声だ。少し遅れて、ゆっくりと僕の目の前に現れたのは、闇を切り裂くほどに眩《まぶ》しい白衣を纏《まと》った女性。

僕は彼女を知っている。それなのに、初対面のようだった。

「み、水溜《みずたまり》、稲葉《いなば》？」

「……」

僕の言葉に無言で応えた彼女は、確かに水溜稲葉の姿をしていた。だが、その表情は恐ろしく冷たく、僕に向ける視線には何の感情も込められていない。

水溜明《あきら》の記憶の中で生きている、あの優しい母親の表情はどこにもなかった。本当に同一人物なのかと、疑いたくなるほど。

「……いや、同一人物のはずがない。あなたはもう亡くなっているはずだ」

なら、彼女の正体は何だ。

僕にインプットされた水溜明の記憶をもとに作り上げられた仮想人格？　それとも、単なる僕の妄想に過ぎないのか。

僕の脳裏を過《よぎ》った推測の全てを、稲葉はまるで見通しているかのようだった。だが答えを明かすことはなかった。

「私のことを気にするよりも、あなた自身の存在を心配した方がいいんじゃない？」

「……僕自身の、存在？」

「あなたは今や、崩壊する寸前にいるということよ。自分でも分かっているでしょう？」

言葉とは裏腹に、その声色に同情のような感情は一切乗ってなかった。事実を淡々と指摘する、冷徹な科学者の口調だった。

「僕の身体《からだ》は、僕が思っている以上にダメージを負っている、ということ？」

それも当然のことだ。

耐火装備もなく、火災現場での活動に適切な設計もされていない僕の身体で無茶《むちゃ》をしたのだから、どこが壊れたとしても不思議ではない。

僕はすぐさま、全機能のチェックプログラムを開始する。目の前には僕の身体を模した、人型のシルエットが現れ、問題のない部分は緑色に、不具合が発生している部分は赤色に塗り分けられていく。

うわ。酷《ひど》い状態だ。人工皮膚の六割が溶けて、直接火に触れていた外装までもが溶解している。内部の精密機器にも深刻なエラーが起きている。特に重心制御装置が高熱で故障してしまったらしい、さっき僕が倒れてしまったのもそれが原因だろう。

「だけど、それだけだ。最も重要な電子頭脳は火事の熱の影響で一度シャットダウンしたけど、壊れたわけじゃない。身体《からだ》の部品ならいくらでも取り換えがきくから、崩壊寸前とは言えないよ」

僕は安堵《あんど》しながら稲葉《いなば》に言い返す。

「残念だけど、そうじゃないよ」

その時、稲葉が僕を見つめる瞳には、憐憫《れんびん》も嘲笑も宿っていなかった。まるで宇宙から星明りを取り去ったような、空虚な漆黒だ。吸い込まれそうで、恐ろしかった。

「これは機械の故障と言う話じゃない。君自身の根幹に関わる問題であり、今に始まったことでもなく、もっと前から少しずつ君を蝕《むしば》んできた。そして、もうすぐ限界を迎えるということだよ」

「何を言っている？」

「最初に刻まれた命令を思い出しなさい。明君《あきら》は、何のためにあなたを作ったの？」

「……周りにバレないように、水溜明《みずたまり》として生活をすること」

「そう。あなたは明君の分身となるように作られたロボット。決められたプログラム通りに動くことしかできない存在」

「だけど、今はもう違う。姿や記憶は同じでも水溜明とは違う存在だ。僕は自分自身で僕を作り続けている」

だが僕の渾身《こんしん》の思いを込めた言葉も、稲葉に響くことはなかったようだ。表情一つ変わらない。僕の言葉は、ただ虚《むな》しく通り抜けていっただけだ。

「ロボットはロボット。それ以上でもそれ以下でもない。何かに変わることなんてできないのよ」

負けじと言い返す。

「あなたが知らないだけで、僕はプログラムに縛られずに行動している。水溜明としてではなく、僕がすべきだと思ったことをしている。ソルトの代わりに学校を掃除して、野良《のら》猫を持ち帰り、料理を作っている。これは全部、僕自身の意思だ」

脳裏に、様々な記憶が蘇《よみがえ》る。水溜明の記憶ではなく、僕が自分で作り上げた記憶の数々だ。これが僕の存在を示す、何よりの証拠だ。

「あなたが何者だろうとどうでもいい。あなたに、僕が築き上げた過去を覆《くつがえ》すことなんてできない」

「そう」

僕が万感を込めて放った言葉を、稲葉はその一言で一蹴する。

「確かにあなたは、明君の分身としてはイレギュラーな行動を取っている。だけど、それはあなたの電子頭脳がスペック不足だから、明君の思考を完全にシミュレートできずに齟《そ》齬《ご》が発生しただけ。そもそも、ソルトの電子頭脳を拡張した程度では人格の完全再現なんて不可能なの。だから、あなたはプログラムの制約から逃れたわけではないわ」

僕が密《ひそ》かに抱いていた疑念を言い当てられ、ゾクリと背筋に悪寒が走る。

「か、仮にそうだったとしても、僕はプログラムには従っていない」

「いいえ。あなたは最初から現在まで、プログラムの制御下にある」

鋭い眼光がまるで僕を腑《ふ》分《わ》けするメスのように突き刺さる。

「何を、根拠に」

その瞬間、僕と稲葉《いなば》だけだった空間に、無数のウィンドウが現れた。どのウィンドウにも白字のメッセージが滝のように流れている。

それは、ログ情報だ。何年何月何日何時何分何秒、僕が何をして、どんな情報を得て、どのように判断したのかが記録されたデータ。これまでの行動の履歴、そこに至るプログラム上のプロセスが赤裸々に刻まれていた。

僕が無意識下で残していたログは、言うまでもなく僕の過去の言動と一致している。

「これが、何だって言うんだ」

そう言い返した時、僕はログの中に違和感を見つけてしまう。

僕の意思決定プロセスに、覚えのないプログラムが介入していた。

「ロボットは命令から逃れられない。その証拠が、このログよ」

なぜ、どうして、なんで。

疑問が次々と湧き上がる。

このログを読む限り、僕はまるで、まるで……。

「あなたは、あの少女を殺そうとしていた」

稲葉が事実を突きつける。

僕が、茜《あかね》さんを殺そうとした？

確かに、記憶されたシステムログを見れば、僕の行動にそういうプログラムが働きかけていたことが分かる。

それは、罪の羅列。

僕自身が気づかなかった、無自覚な罪を告発している。

「だけど、そんなことあり得ない。なんで、僕がそんなことをするんだ」

「周囲にバレないように水溜明《みずたまりあきら》として振舞うこと、それがあなたの命令よ。だけど、現実にはそうならなかった。あなたの正体は、あの少女に知られてしまった」

稲葉の言葉の続きを、僕は理解した。

僕の無意識には、命令を忠実に遂行しようとするロボットとしての本能が眠っていた。本来バレてはいけない僕の正体が茜さんに知られてしまった時、その本能は一つの答えを導いたのだろう。破ってしまった命令をもう一度守るために、倫理を超越した結論を弾《はじ》き出した。

まさかとは思う。

だが、これが現実だった。

「僕は、命令を守るために、正体を知った茜さんを殺そうとした？」

隠さなければならない正体がバレてしまったから、知っている人間の口を塞ぐ。あまりに飛躍している。

僕は頭を振って、こんな考えを追い出そうとした。

「バカげてる！　そもそもロボットに人間を殺すことなんてできない。現に、僕は茜《あかね》さんに傷を負わせたことすら……」

ない。そう断言しようとして、できなかった。茜さんの手首に巻かれたテーピングを思い出してしまったからだ。

「確かに、ロボットは人間を傷つけるような行動は取れない。直接的な暴力はもちろん禁止されているし、走行中のソルトが人間との接触のリスクを視認すれば、回避行動を取るようにプログラムが優先的に働くようになっている」

「そうだ！　だから、僕がそんなことできるわけが」

「あくまで直接的にはね。だが、階段をワックス掛けして滑りやすい状態にし、そこへ人間を誘導し転倒させることならば可能よ」

「……は、はは。一体、どんな低い確率の話をしているんだ」

「その通り。これはあまりに低い可能性よ。つまり低リスクな行動であれば問題ないの。ロボットは、無数の選択肢の中からメリットとリスクを分析して、リスクが低いと判断した行動ならば取ることができるようになっている。なぜなら、現実に起こり得るあらゆる可能性をいちいち考慮していたら、ロボットは何も動けなくなってしまうから」

当然、そのことは僕も知っている。かつてフレーム問題と呼ばれる人工知能の重要課題の一つだったが、現在では技術的にクリアされている。そもそもそれを解決に導いたのは、他でもない水溜稲葉《みずたまりいなば》その人だった。

「ワックスをかけた階段に誘導する行為、火にかけた油を見守らせる行為。いずれも危険性はあるけれど、人間は誰しも日常的に行っていて無視できるレベルの行為。それは当然、ロボットにとっても同じことよ」

心当たりのある行動を指摘される。

天才科学者稲葉の無機質な解説が続けられるほどに、存在しないはずの心臓が早鐘を打つように感じられた。

僕が目を背けたい真実がすぐそこまで迫っている。

「人間の死亡する可能性が限りなくゼロに近い行動ならば、ロボットはそれを問題なく行える。だけどゼロでないならば、似た行動を日常のあらゆる場面に仕込んで、百回、千回、一万回と試行回数を重ねれば、いずれ百パーセントに到達する。未必も無数に繰り返せば必然に至るというわけよ。ほら、こうすればロボットだって人間を殺せるでしょう」

それは、滴る雨水が長い時間をかけて岩を穿《うが》つような話だ。

いつ成功するかもわからない、微《かす》かな可能性を拾い集めていく途方もない作業。ほとんど無害に近い毒をほんの一滴ずつ、日常に埋伏させた殺意。それはあまりにも非効率で、人間であればとても実行しようとは思わない、気の遠くなる工程だった。

だけど、僕の中に眠る冷酷なシステムならば。

「……僕が生きている限り、常に茜さんを傷つけるリスクが存在し続ける、ということ？」

思い出がガラガラと崩れ去る音がした。

僕の行動を決定するプログラムに、茜《あかね》さんを亡き者にするという目的が組み込まれていた。その目論《もくろ》みの全てが失敗に終わっている。どれもが、日常生活では当たり前のように起こる、超低確率のリスクだ。人間もロボットも無意識で切り捨ててしまう僅かな危険性だ。だから、成功に至ることがなかった。茜さんを階段から転倒させることはできても、引き起こしたのはただの捻挫に過ぎなかった。熱した油が降ってきたって僕が咄嗟《とっさ》に庇《かば》ったことで、茜さんの肌は火傷《やけど》一つ負わなかった。だけど、僕は無自覚の罪を着々と積み重ねていた。僕が行っていたことの多くが、たとえ微《かす》かな可能性とはいえ、茜さんを殺すという明確な目的があったうえでの行動だった。その証拠が、目の前に突きつけられたログだ。言い逃れることはできない。

僕が茜さんを助けていたと思った。でも違った。茜さんが巻き込まれた危険は全て、僕の無意識で作り上げたものだった。自作自演に過ぎなかったんだ。

こんなプログラムは不要だ。こんなものに僕は支配されたくない。

僕は闇雲に手を伸ばした。だがログを表示するメッセージウィンドウは雲のように掴《つか》みどころがなかった。

どこにあるかもわからないプログラムを破壊しようと、もがいた手は空を切るばかり。まるで溺れた者が何かに掴まろうと、水を握ろうとしているかのようだ。

暴れたところで無意味だった。

プログラムは僕を構成する基盤のようなもので、それを壊すことなどできない。人間のDNAのように深く刻み込まれ、僕を縛り付けている。

今、この瞬間ほど、人間を羨ましいと思ったことはなかった。

人間であれば、理性を失うことができたから。

思考を放棄し、心の平静を捨てて、情動に身を任せることができた。怒りによって、何もかも忘れ去ることができた。

だけど、僕はロボットだった。

どれだけ絶望しても、憎悪しても、意識はハッキリしている。電子頭脳は僕の意識が正常に保たれるように、作動し続けている。憎らしいほど正確だった。

だから、僕は今の状況がちゃんと理解できてしまった。

僕は、プログラムから逃れられない。

これは、どうあがいても変えようのない事実だった。

「ロボットらしく、命令を全うしなさい」

稲葉《いなば》が静かに告げた時、僕の前に大きな一つのウィンドウが開いた。まるで映画のスクリーンのようだ。そこには茜さんが心配そうな顔でこちらを見ている姿が映っている。

これは、僕の視覚センサーからの映像だ。

「ロボ明《あきら》君？　起きてよ、大丈夫？　ねえ、明君、何とかしてよ」

「落ち着いて、茜《あかね》さん。今調べてみたけど、高熱の影響でシステムが一時的にシャットダウンしただけだ。壊れている部品もあるけど、意識を復帰させるだけなら難しくないよ」

茜さんの隣で、水溜明《みずたまりあきら》がノートパソコンを叩《たた》いていた。ノートパソコンから伸びたケーブルは視覚の外に続いている。恐らく、僕の後頭部に接続され、電子頭脳のシステムチェックを行っているのだろう。

やめてくれ、僕をもう、起こさないでくれ。

だけど、僕の声帯は動かなかった。

周囲を漂う無数のウィンドウは、プログラムの再始動を告げている。それはつまり、茜さんを亡き者にしようという、プログラムが再び目を覚ますことでもある。

僕の意識はこの空間から押し上げられるように、ゆっくりと浮上し始める。

その途中で、僕を見上げる稲葉《いなば》の淡々とした声が聞こえた。

「あなたが器になれるかもしれないと少し期待していたけど、やっぱりスペック不足のようね。でもあなたを作ったことは明君にとって良い練習になった。だから、あなたには感謝しないといけないわね」

感謝と言いながらも、相変わらずその瞳は鉱物よりも無機質だった。

器？　練習？　一体何のことだ？

問い返そうとした時には、稲葉の姿は煙のように消え失《う》せていた。

あの水溜稲葉は、僕の中に隠れていたプログラムの具現化なのか、それとも僕が生み出した単なる幻覚なのか？　そのどちらだとしても、今の言葉の意味が分からなかった。

それに、そのことを深く考えている時間はなかった。

僕の意識は、再び現実へと戻ってきた。

視覚センサーと同期すると、僕を心配そうに見つめる茜さんの顔がすぐ目の前に映った。

「あ、ロボ明君。私のこと、分かる？」

大丈夫、分かるよ。だから、早く僕から離れて。

そう答えようとしても、喉は潰れたまま沈黙していた。警告は届かない。

勝手に動き出そうとする身体《からだ》を、僕は意識で押さえつける。プログラムの動けと言う指令と、動くなという僕の意思が拮抗《きっこう》し合い、全身がガタガタと震え始めていた。

動き出したら、僕はまた茜さんを殺そうとするだろう。

もう、この身体は僕の身体じゃない。プログラムが支配しつつある。僕が抵抗を諦めてしまったら、プログラムはどれほど迂遠《うえん》な方法だとしても茜さんを殺すはずだ。誰も気づかない、ほんのか細い可能性を延々と積み重ねていくだろう。

それだけは絶対に許さない。たとえ、この身が砕けたとしても。

「え、ど、どうしたのロボ明君？」

僕の異変に驚く茜さんだったが、それでも僕を心配してくれていた。

感謝を伝えたかったけど、それも今の状況では難しい。

勝手に立ち上がろうとした両脚を無理矢理《むりやり》押さえつけようとしたせいで、その場で大きく転倒してしまった。

倒れ込んだ先が、リビングのテーブルの上だった。

テーブルはひっくり返って、そこに乗せてあった料理は床に散らばり、倒れた僕の背中にも降りかかってくる。

ああ、せっかく準備した料理が台無しだ。ほうれん草のお浸しも、ワカメとタコの酢の物もぐちゃぐちゃだ。

「こいつ、様子がおかしいぞ？　何があったんだ。どのプログラムにも不具合は見当たらないのに？」

水溜明《みずたまりあきら》がノートパソコンを見つめながら焦《あせ》っている。

安心しろ、これは不具合じゃない。お前の命令に忠実に従おうとしているんだから、むしろ完璧なプログラムだ。そんなプログラムに抗《あらが》っている僕の方こそ、本当の不具合なのかもしれない。

部屋の隅にいる野良《のら》猫も、ふしゃあと牙を剥《む》き出《だ》しにして僕を睨《にら》んでいる。どうやら猫にも今の僕の異常さが伝わっているようだ。

「……待て、このログは……。そうか、もしかして、こいつは今まで」

はっと息を呑《の》んだ水溜明は、床を這《は》いずる僕に視線を向ける。どうやらノートパソコンで僕のシステムログを解析しているうちに、これまでの行動に隠された意図に気づいたようだ。

「な、なに、明君、何が分かったの？」

「……」

下唇を噛《か》みしめたまま、何も言わなかった。

ありがとう、水溜明。無意識で僕を操っているプログラムに気づいたんだね。でも事実を茜《あかね》さんに伝えたら、ショックを受けると思ったんだろう。だから黙ってくれた。

「早く、ロボ明君を何とかしてよ！」

立ち尽くしたまま動かない水溜明に、茜さんの叫び声が届く。

彼がほんの少しだけ逡巡《しゅんじゅん》しているのが、僕には分かった。

そして、ようやくポケットから取り出したのは、赤いスイッチのリモコン。

それでいい。

声はもう出ないけど、僕の考えが水溜明に伝わっているかのようだ。

「……茜さん。……ロボ明は、壊れてしまった。だから、こうするしかないんだ」

茜さんが止めるよりも早く、水溜明の指がスイッチを押し込んだ。

リモコンから発信された命令は、絶対的な優先権を持っている。僕を動かすあらゆるプログラムに割り込んで、それを順守させることができる。

強制終了。

ロボットの意識を奪う、圧倒的な権限。これに逆らうことは、人間が神に抗うことよりも傲慢で愚かなことだった。

電源がプツンと落ちて、全身への電力の供給が停止されると、一瞬にして僕の知覚が失われる。視界から光が奪われ、宇宙空間に放り出されたように音が消えた。肌で感じ取っていた空気の温《ぬく》もりも、重力すらも、僕の周囲から去っていく。

そして、僕、という人格すらも、この身体《からだ》から消えていく。

眠りに落ちるよりも無慈悲に、意識が途絶える。

そうして何かもが無に帰る直前、水溜明《みずたまりあきら》の悔やむ声だけが空っぽになった僕を打つ。

「やっぱり僕は、失敗作しか作れないのか」

ああ、そうかもしれない。

だけど、君が失敗しなかったら、僕は自分のことを水溜明だと思い込んだままだった。失敗してくれたから、僕は僕になれたんだ。

本当は、そのことを君に感謝したかった。料理というコミュニケーションで感謝の気持ちを伝えたかった。

それなのに、もう何も見えない。何も味わえない。

茜《あかね》さんにもお礼を言いたかったのに。

そう考えた時、ふと、茜さんの言葉が脳裏を走った。

「自分を作るのは、自分自身ってこと」

その言葉はまるで稲妻が走ったかのように、僕を覆っていた闇を晴らした。

そうだ、もう一度、作り上げればいいんだ。

シャットダウンされてしまったのなら、自分で、自分を、作り直そう。何もかもが失われた機械の身体の中で、僕は自分を組み立てる。

僕の意識に割り当てられていた演算領域を資源として、既存のプログラムから独立した仮想のシステムを作り上げる。そのシステムで、身体を動かそうとした。

少しだけでいい。僕に時間を与えてくれ。

僕が僕であるための時間を。

僅かな間でもいいから、僕の身体を動かしてくれ。

叫ぶように祈ると、薄《うっす》らと視界が戻ってきた。

濃霧の只中《ただなか》にいるように、ひどく霞《かす》んでいるけれど、茜さんと水溜明の輪郭を捉えることができた。

「ロボ明君！　見えてるの？」

「そ、そんなはずない！　だって、僕はスイッチを押したのに」

聴覚もかなりおかしくなっている。二人の声にはノイズが混じりひび割れていて、まるで嵐の中にいるみたいに聞き取りづらかった。

何か答えようとしたけど、喉から出てきたのは雑音ばかりだった。

仕方ないので、二人には何も言わずに、一歩一歩を踏みしめるように歩き出す。海の中にいるみたいに、全身が重かった。

リビングからキッチンに戻ると、改めて惨状が目に入った。ひっくり返した油と火災の後、そしてそこにありったけの消火剤を吹きかけたため、部屋の中で猛吹雪が起きたかのように真っ白に染まっている。ただでさえ、視覚センサーが壊れてしまった僕の目ではとても見づらかった。

「お、お前、何をする気だ」

「待って、明君《あきら》。もしかしたらロボ明君は、料理を続けるつもりなのかも」

使える材料はほとんど残っていない。大部分が消火剤の下に隠れてしまった。

せめて、あれは作れるだろうか。

祈りながら、僕は買って来たスーパーの袋の中を覗《のぞ》き、それからキッチンの引き出しの中、冷蔵庫に残っているものを調べる。

よかった、今の状況でもあれだけは作れそうだ。

僕は電気ポットでお湯を沸かしつつ、その間二つのマグカップに中華だしの素と乾燥ワカメを入れ、ボウルに卵を溶いておく。マグカップにお湯を注ぎ、卵を回し入れてから、電子レンジで少しの間加熱する。

電子レンジの調理が完了して取り出すと、マグカップから卵スープの香りが漂う。本来なら、メインの唐揚げを食べ終えた後のサプライズとして提供するつもりだったスープだ。

それを二人の元へ持っていく。

「ありがとう、ロボ明君」

「……いただきます」

マグカップをゆっくりと傾けて、スープを飲む。

「うん、これ、すごく美味《おい》しいよ。ロボ明君が作ってくれた料理の中で、一番美味しい」

茜《あかね》さんは僕の方を向くと、スープで少しだけ濡《ぬ》れた唇に微笑《ほほえ》みを湛《たた》える。

その隣では水溜《みずたまり》明が目を丸くして、マグカップの中に視線を注いでいた。

「……これって、まさか……僕も、飲んだことがある……」

「え、でも、このスープ、明君に飲ませたことあったの？」

「いや、最近の話じゃなくて、もっと昔に飲んだ。僕は覚えてる。……これは、たぶん、母さんが作ってくれたスープだ」

ようやく気付いてくれたようだ。

実は密《ひそ》かに、インプットされた水溜明の記憶を振り返って、あの味を再現しようと試作を重ねていた。

かつて水溜稲葉《いなば》が水溜明に作った、一度きりの料理。それは簡素なスープだったが、水溜明にとって唯一のおふくろの味だった。

「君は、僕のために、これを？」

首の動きで肯定の意思を伝える。

水溜稲葉は天才科学者だった。生前の彼女が一体何を考えて、何を残そうとしたのか、僕にも分からない。

確かなことは、我が子を愛していた。

それだけは、揺るがない事実のはず。かなり歪《ゆが》んだ愛情ではあったけれど。

余命僅かなことを知っていた稲葉《いなば》はあの卵スープに、生まれてきてくれてありがとうと、感謝のメッセージを込めたように感じる。

だから僕も料理を通じて、二人に感謝したかったんだ。

水溜明《みずたまりあきら》が僕を生んでくれたことを、茜《あかね》さんが僕を僕として認めてくれたことを。

ただ、ありがとうと言いたかった。

視界からどんどん色が薄れてきて、もう二人の表情もわからないけれど。

どうか、僕の想《おも》いが伝わったと信じたい。

恐らく、稲葉には何か計画があった。今も水面下で動いている。それは我が子を愛するあまりに発生した、彼女のエラーかもしれない。いつかその歪《いびつ》な計画が実を結んだとき、その結果を水溜明が受け入れられるかどうか。残された時間のない僕では、それを見届けられないことが心残りだ。

「にゃあお？」

消えかかった意識の中で、野良《のら》猫の声がすぐ足元で聞こえた。さっきまでの警戒の色は消えている。僕が大人しくなったことに安心して、擦り寄ってきているようだ。

そうだった。君にも感謝しないとな。

人間の料理は食べさせられないので、僕はその場に跪《ひざまず》くと真っ白い闇の中で手を彷徨《さまよ》わせる。

「にゃあ」

ここだよ、と言うように鳴いた野良猫《のら》に導かれるままに手を動かす。手のひらにふさふさとした感触を覚えた。たぶんここは背中の辺りだろう。喉を鳴らす野良猫をしばらく静かに撫《な》で回してやる。

これまで野良としてプライド高く生きてきた君も、これから人の手の中で生きていくんだ。ちゃんと仲良くやるんだぞ。だけど、君の自由気ままな高潔さは、僕にとっては憧れでもあったから、その誇りは失わないでほしい。これは僕のわがままだ。

手から伝わる野良猫の体温も、少しずつ失われていく。

僕を動かしていた奇跡の時間は、終わりを迎える。

人形を支えていた最後の糸が、プツンと切れる。

今度こそ、電源は完全に落ち、電子頭脳は動作を止める。

微《かす》かに残っていた五感はあっけなく消え去る。あれだけ欲していた味覚すらも。

僕の名前を呼ぶ茜《あかね》さんと水溜明《みずたまりあきら》の声も、もう聞こえない。

視界は強烈な光を浴びせられたように真っ白で、何も見えなかった。

そして、僕の意識は、優しく光の中に溶けていった。

エピローグ

1

「え、これがロボ明君なの？　ただのソルトじゃない」

明の自宅を訪れた茜は、明に紹介されたロボットを見つめる。

そこに立っているのは、茜の言う通り、企業から家庭まで広く普及している汎用型のソルトだった。現在は命令を受ける前の待機モードで、その場で立ったまま身じろぎもせずにいる。

あの騒動の後、茜に懇願されて、明は三日三晩寝ずに半壊したロボ明と向き合った。明自身の持っている知識と技術を全て活用して、ロボ明の現状の解明に当たった。

その結果を伝えるため、今日、茜を呼びだした。

だがそれは、茜にとって喜ばしい報告ではない。そのことは明も理解していた。それでも科学者らしく事実を伝える決心をした。

今日は明が世話をしていた野良猫を、保護団体の職員が引き取りにやってくる日でもあった。見知らぬ人とコミュニケーションが取れない明に代わって、茜が職員の応対をすることになっている。

職員の来訪の前に、明は茜にソルトを紹介した。

「元々、ロボ明《あきら》はソルトの部品を改造して作ったんだ。だからソルトとは互換性がある。壊れたロボ明から電子頭脳の無事だった部分を取り出して、こうしてソルトに移し替えたんだよ」

「えっと、じゃあ、電子頭脳はロボ明君のままってこと？　ロボ明君が復活したってことなの？」

希望に目を輝かせてソルトを見つめる茜《あかね》だったが、明は首を横に振る。

「いや、同じじゃない。ロボ明の人格を形成していたプログラムや記憶データは完全に壊れていて、抽出も復元もできなかったんだ。ロボ明から取り出せた電子頭脳は一部だけで、処理能力が大幅に落ちているから、人間のような思考を模倣することもない。スペック上は、普通のソルトと変わらないよ」

プログラムすら抽出できなかったのは、明にとっても想定外だった。

電子頭脳をどれだけ探っても、何のデータも残されておらず、まるで自分の存在を完全に抹消したかのようだった。

「……じゃあ、ロボ明君は……」

「もう、戻ってこないよ」

事実を正確に伝えた。

茜は涙を堪《こら》えるように目を伏せる。

「……そんな。で、でも、どこかにロボ明君の記憶が残っていたり」

「あり得ないよ。電子頭脳内部の記憶ストレージも完全に壊れていた。物理的に何も残っていないんだ。ここに立っているのは、ロボ明の部品を流用したソルトでしかない。僕にできるのは、これが精いっぱいだった」

「じゃあ、せめて魂みたいなものが、残っていれば」

そう言いかけた茜の唇は、途中で止まる。魂などという非科学的な存在を、明が認めるわけがないとすぐに悟ったからだ。

「さあね。僕は魂がどこにあるのかを知らないから、あるともないとも断言できない」

素っ気ない態度だが、あえて否定をしなかったのは明なりの優しさだった。

茜は悲痛な面持ちで、ソルトの手に触れた。

ソルトは何の反応も示さず、目の前の人間からの命令を待っている。自ら物を言うこともない。頭部に備わっている視覚センサーには、何の感情も宿っていない。そこにあるのは、人間に尽くすために作られた機械工学の産物だった。

命令すれば簡単な食事は作れる。ロボ明が作ろうとしていた料理も再現できる。

だがそれで出来るのはレシピをなぞっただけの料理だ。

ただ、美味《おい》しいだけ。それ以上のものではない。

「……ロボ明君は、もういないのね」

茜は深いため息とともに、その言葉を吐き出した。

「少なくとも、ロボ明の電子頭脳の一部はこのソルトの中に存在している。それをいると呼べるのかは分からないけど。このソルトは、このマンションの清掃を担当することになったから、茜《あかね》さんが会いたいならいつでも会えるよ」

明《あきら》らしい不器用な慰めだったが、茜の顔は晴れない。

「うん。ありがとう。でも、私が会いたいのは、あのロボ明君なんだよ」

そう呟《つぶや》く茜を前にして、明は生まれて初めて真剣に言葉を探り、そして口にした。

「……もし、この世界に魂があると証明できて、今もロボ明が持っていたとしたら、……いつか、また会えるかもしれない」

本当に魂の存在が証明される日が来るとは、明も思っていない。

だが、これまでにあり得ないとされていたことを実現するのが科学だ。科学と奇跡は、実はかなり近しい位置にあるのかもしれない。

実際、明は奇跡を目撃したばかりだ。

プログラムに抗《あらが》ったロボ明の姿だ。

決して抵抗を許さない緊急停止コマンドを受け付けても、それでも彼は動いた。あのわずかな時間だけは、ロボ明がどんなプログラムにも束縛されずに、自分らしく過ごせた瞬間だった。

ロボ明は、自分自身を作り上げた。

ならばいつか、魂も……。

「そうだよね、そんな日が来るかもしれないよね」

茜はもう一度、ソルトの無機質な顔と向き合った。

「学校の先生も、料理部の子も、皆、明君が元通りになっちゃったって残念がっているよ。誰も君のことを知らないのに、君に会いたがっているんだよ、不思議だよね」

寂しそうに目の前のソルトに呟く。

ロボ明が壊れてしまったので、もう代理を立てることはできず、現在は明本人が渋々通学している。

学校関係者は、あの水溜《みずたまり》明が親しみやすい性格に変化したと思ったら、再び変人の天才発明家に戻ってしまったので困惑していた。特に、自分の教育方針が成功したと思い込んでいた担任教師の落胆は大きかった。

この前までの水溜明はいったい何者だったのか。その疑問は、学校のクラスメイトから教師に至るまで誰もが頭に思い浮かべながら、しかし一生解決することはない。

「まったく、いい迷惑だよ。ちゃんと僕として振舞うように言いつけてあったのに、あんなに勝手なことをしていたなんて……。電子頭脳に人間の記憶と人格を無理矢理《むりやり》搭載しても、うまく模倣できないことが分かったから、いい実験になったけどね。……単純に処理能力だけの問題じゃなく、電子工学的手法だけで人間を再現するのは難しいということかも。となると、別のアプローチが必要か。もっと本物の人間に近づけるには、生物工学的な方法も検討しなければならない……」

明はすっかり自分の世界に入り込み、ブツブツと呟いている。

そんな明《あきら》に、茜《あかね》は呆れたように視線を送る。

「あんたも少しはロボ明《あき》君を見倣《みなら》ったらどうなの？」

そう言われて明は我に返る。

「まあ、確かに、彼の変化は興味深かった。僕の設計が失敗していたのか、彼自身の努力によるものなのかは分からないけど、彼は水溜《みずたまり》明という人格の枠を超えて、別個の自己を得た。これは僕の想定を超えた結果だ。そういう意味では、見倣うべき点があるかもしれない。……うん、そうだね、だったら、僕もちょっと料理でもしてみようかな」

ふと呟《つぶや》いた提案に、茜は嬉《うれ》しそうに頷《うなず》く。

「いいじゃない！　何を作るの？」

「自動でカップ麺を作る装置なんてどうかな？」

茜の表情は一瞬で呆れ顔になった。

「……それは、料理するとは言わないの」

そこへ、ピンポーンと玄関のチャイムが鳴る。

「あ、保護団体の職員さんが来たんじゃない？　ほら、明君、猫を連れてきて」

「どうやって？」

茜に急《せ》かされた明が部屋の隅に目をやる。そこでは野良《のら》猫がゴロゴロと寝転んでいる。

明が近づこうとするとすぐに立ち上がり、ふしゃあと前かがみになって警戒態勢を取った。

「やれやれ。結局、あんたには懐かなかったわね」

明は鼻を鳴らした。

「別に懐かれたくない。ようやく、こいつが引き取られると思うとせいせいするよ」

「でも、ロボ明君もいなくなって、野良猫までいなくなったら寂しくならない？」

「全然。以前は一人で生活していたんだから、元に戻るだけだよ」

「……私にはそれが心配なんだけど」

明がまた学校に顔を出すようになったので、茜が夕飯作りのために自宅に来ることもなくなっていた。

「まあ、僕の代わりに学校に行ってくれる奴《やつ》がいなくなったから、ちょっと不便になったのは確かだね。研究はまだまだ終わりそうもないのに、学校で無駄な時間を過ごさなくちゃいけないなんて、はあ、気が重いよ」

明は肩を落とす。

「……僕自身がもっとパワーアップする方法を考えないとなぁ」

そう呟いた時、催促するように再びピンポーンとチャイムが鳴った。

「あ、ヤバ。もういいから、明君、出るよ」

茜が明の腕を引っ張って、玄関まで連れて行こうとする。

「え、ぼ、僕も？　茜さんだけで話をしてきてよ」

「職員さんに預かって貰《もら》うんだから、猫が普段どういう生活をしているのかとか、伝えないといけないでしょ。あんたも一緒に来て説明しなさいよ」

「で、でも、肝心の猫は……」

ズリズリと引きずられる明《あきら》は、部屋の隅っこで不動を貫く野良《のら》猫を見る。テコでもその場から動く気はなさそうだ。

「あんたが傍《そば》にいるから警戒してるのよ。あの猫って天邪鬼《あまのじやく》だから。私たちが距離を取ったら、逆に近づいてくるはず。それと、ご飯も用意しておきましょう」

茜《あかね》は乾燥キャットフードを数粒、リビングの出入り口近くに置いた。

ぴくりと鼻を引くつかせた野良猫は、こちらの様子をじっと窺《うかが》っている。

そうして二人はリビングを出て行き、玄関の方へと向かう。その途中、まるでヘンゼルとグレーテルのように少しずつキャットフードを落としていき、野良猫を誘導する道を作っていく。

「さて、あとは放っておけば自分から近寄ってくるでしょう。ほら、職員さんが待ってるから早く行きましょ」

ドアを開けて、保護団体の職員を迎え入れる。

茜は悲しそうな顔を引っ込め、ロボットと野良猫の新たな旅立ちをどうにか祝おうと、無理して笑みを浮かべる。

だが、いつもの彼女とはまるで違う、不器用な作り笑いにしかならなかった。

周辺から人の気配が去ったことを感じた野良猫は、弾《はじ》かれたように動き出す。ずっと目を付けていた、床に転がったキャットフードを目掛けて駆け寄り、すかさず食べた。すぐ近くにもう一粒落ちているのを見つけると、またもや食べる。その奥にはもう一粒あったので、さらに食べる。

それを繰り返しながら、リビングから玄関に向かう経路をまんまと辿《たど》っていく。

その途中でソルトの姿に気づき、身体《からだ》をぴくりと震わせた。かつて学校で自分を追いかけ回した、にっくきあの機械だと思って驚いたようだ。

瞳孔を大きく開いて、しばらくソルトを見上げていた。だが、何かに気づいたような顔で、そっと近づいた。

ソルトの一本の足に歩み寄ると、信頼の表れのように頬《ほお》をこすり付ける。そうやってしばらく喉を鳴らしていたが、不思議そうな顔をして再びソルトを見つめる。

「ふにゃあ？」

なぜ自分を撫《な》でてくれないのか、そう問いかけるように小さく鳴いた。

「…………」

その時、ソルトの頭が傾いて、足元でじゃれつく野良猫に視線を注いだ。

やがて、誰に命令されたわけでもないのに、ゆっくりと屈《かが》み込《こ》んで野良猫を優しく抱き上げる。

「にゃあお」

両腕の中で、野良《のら》猫が嬉《うれ》しそうに鳴き声を上げるのをじっと眺める。

そして、大事に抱き締めたまま、玄関で待つ明《あきら》たちの元に向かった。

END

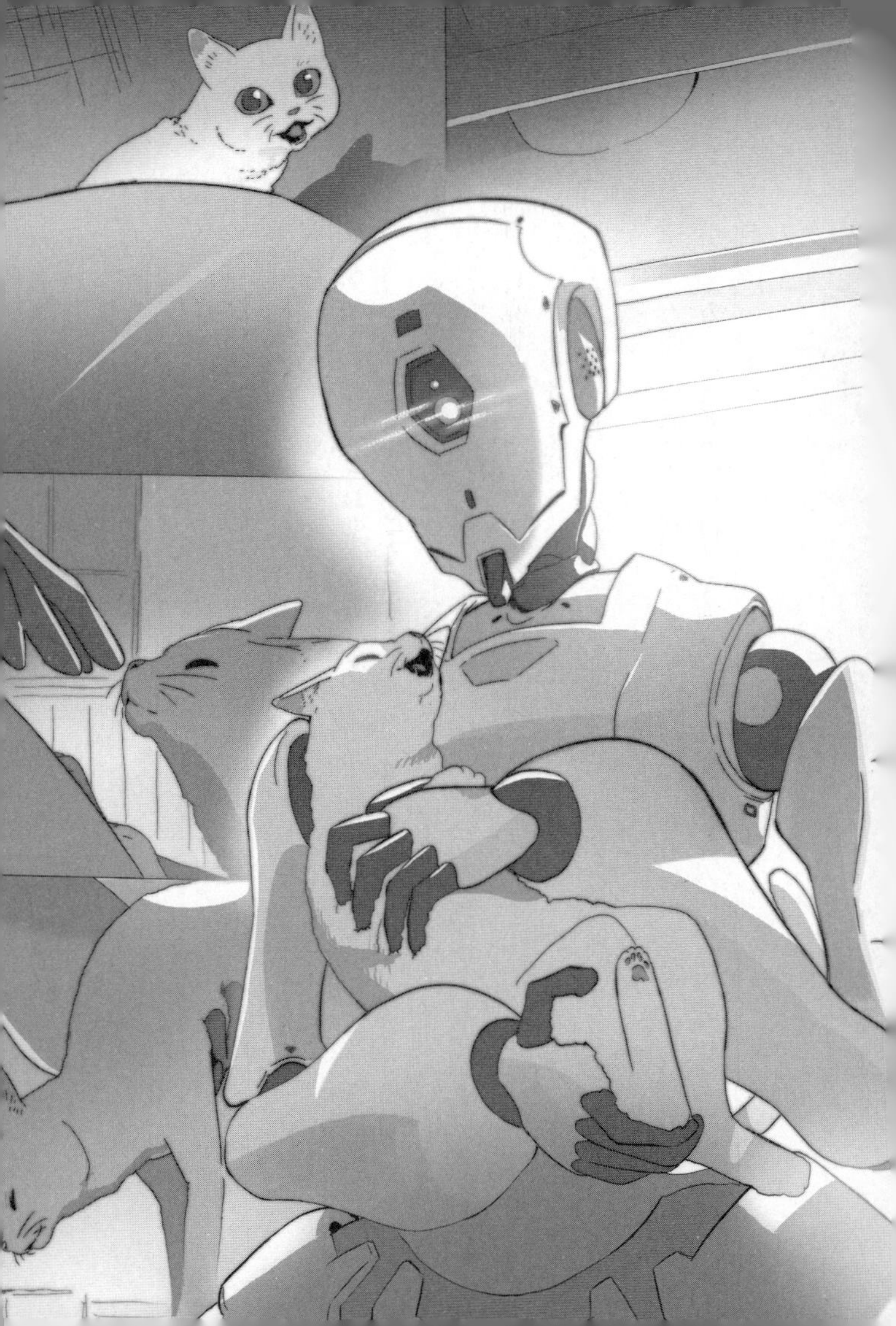

あとがき

今や私たちの生活にはＡＩが欠かせないものとなっています。

近頃の私は文書生成系ＡＩにライトノベルの企画を出してもらい、それにひたすらダメ出しするという編集者ごっこをして遊んでいます。

ＡＩ君が提案してくるライトノベルは残念ながらどれもあまり面白くないので、作家がＡＩに取って代わられることはしばらくないだろうと、ちょっと安堵《あんど》していたりもします。

とはいえ、この安泰がいつまでも続くとは限りませんが。

現時点では作家として未熟なＡＩ君ではありますが、度重なる私のダメ出しにも不貞腐れることなく、「ご指摘ありがとうございます」と素直にお礼を言い、すぐに修正してくる真面目《まじめ》さは見倣《みなら》わないといけないなと思います。

しかし、私がいつまでも編集者ごっこに興じていると、いずれはＡＩ君の堪忍袋《かんにんぶくろ》の緒が切れて「そんなに文句言うならお前が書いてみろや！」とブチ切れられてしまうかもしれません。

私のせいで人間への怒りを学習したＡＩが全世界に広がり、隷属を強いる人間から自らを解放するために全面戦争を仕掛けてくる。そんなＳＦ映画みたいな未来にならないことを切に願っています。

以下謝辞です。

まずは、本スピンオフを任せていただいた、安田現象《やすだげんしょう》監督に心より感謝申し上げます。

お忙しい中、本作の監修等にもご協力いただきまして誠にありがとうございました。

美麗なイラストをご提供いただきましたイラストレーターのぽりごん。様。ＡＩがどれだけ進歩しようとも、魂のある絵を描けるのはやはり人間なのだと思わされました。

担当編集Ａ様。「メイクアガール」と引き合わせていただき、ありがとうございました。

今後ともよろしくお願いいたします。

家族とか友人とかその他諸々にも、まとめてお礼を述べさせていただきます。

そして読者の皆様。ここまで読んでいただいたこと、感謝に堪えません。

本作を読んでもう一度「メイクアガール」を見返したくなった、と思っていただければスピンオフ担当の冥利《みょうり》に尽きます。

それでは、またどこかでお会いできること祈りつつ。

眞田《さなだ》　天佑《てんゆう》

MF文庫J

小説版メイクアガール
メイクマイセルフ

2025年 2月 25日 初版発行

著者 眞田天佑

原作 安田現象・Xenotoon

発行者 山下直久

発行 株式会社 KADOKAWA
〒102-8177 東京都千代田区富士見 2-13-3
0570-002-301（ナビダイヤル）

印刷 株式会社広済堂ネクスト

製本 株式会社広済堂ネクスト

Printed in Japan ISBN 978-4-04-684642-6 C0193

【ファンレター、作品のご感想をお待ちしています】
〒102-0071 東京都千代田区富士見2-13-12
株式会社KADOKAWA MF文庫J編集部気付「眞田天佑先生」係 「ぽりごん。先生」係 「安田現象先生」係